オカ研はきょうも不謹慎！

福澤徹三

PHP
文芸文庫

○本表紙デザイン+ロゴ=川上成夫

オカ研はきょうも不謹慎！

一

やっぱ、やめときゃよかったかな。

多聞蒼太郎はベッドに腰かけて、胸のなかでつぶやいた。先月下旬に引っ越したばかりの部屋はがらんとして、まだ荷ほどきしていない段ボール箱が壁際に積んである。換気のために開けた窓から夕陽が射し、フローリングの床を物憂げに照らしている。

どんなことでも、やってから後悔するのが蒼太郎のくせである。そんなとき、やらないで後悔するより、やって後悔したほうがいいと自分にいい聞かせる。どっちみち後悔するのなら大差ない気もするが、やっぱりくよくよしてしまう。

いまくよくよしているのは、まず大学だ。

四月の頭が入学式で、講義がはじまって二週間が経つ。待ちに待った大学生活のはじまりにわくわくしたのは最初だけだった。入学式の学長あいさつで、すでに不吉な予兆はあった。

とっくに八十歳をすぎていそうな学長は壇上で熱弁をふるい、

「本学は、わたくしの曾祖父《そうそふ》であります冥國万左衛門《めいこくばんざえもん》が安政《あんせい》六年に開校した冥國塾を起源とする、大変長い伝統を持っております。わたくしも教鞭《きょうべん》をとって五十有余年、たくさんの学生を送りだしてきましたが、いまあらためて感ずるのは、若さとは年齢ではないということであります。かのサミュエル・ウルマンは申しました。歳を重ねただけでひとは老いない。理想を失うとき、はじめて老いる。歳月は皮膚《ひふ》の皺《しわ》を増すが――」

歳月は皮膚の皺を増すが――皺だらけの学長はそう繰りかえすと、電池が切れた人形のように固まり、職員たちに連れ去られた。歳を重ねれば、やはりひとは老いる、と蒼太郎は思った。

大学主催の歓迎会は学食でソフトドリンクや軽食がでて、上級生と交流をはかるイベントだったが、誰とも口をきかずに終わった。講義は退屈だし同級生たちも熱心さに欠け、早くも私語や居眠りや欠席が目立つ。

蒼太郎が入学した「冥國大学」は中の下くらいの偏差値で全国的には無名に近い私立だから、これがふつうなのかもしれない。しかも学部は勉強しない学生が多いといわれる文学部である。とはいえ、すべり止めの大学に高い学費を払った両親に申しわけなく、父のことばが耳に蘇《よみがえ》る。

「浪人して、国公立を受けたほうがいいんじゃないか」

しかしそのときは埼玉《さいたま》の実家をでて、東京でひとり暮らしがしたい一心だった。蒼太郎が中学二年の暮れにはじまったコロナ禍のせいで、授業はオンラインばかりになり部活はできず、修学旅行も中止になった。コロナ禍の影響は高校三年まで続き、友人も作れなかっただけに、浪人するよりも早く大学に入りたかった。

いま住んでいるのは多摩《たま》地域にある三階建てのワンルームマンションで、六畳ひと間にユニットバス、ちっぽけなシステムキッチンとちっぽけなバルコニーがある。築三十七年、家賃は五万ちょっとで部屋は二階の角部屋。駅まで徒歩五分という立地で選んだが、大学までは徒歩三十分とけっこう距離があり、自転車通学は禁じられているので不便だった。

建物が古いせいか雰囲気が暗いうえに壁が薄くて生活音が響く。隣は誰が住んでいるのか知らないが、夜中に女のつぶやき声がする。ひとり暮らしははじめてだから炊事《すいじ》洗濯も面倒で、そんな苦労がなかった実家が恋しくなる。

大学とマンション選びによくよしつつも前向きにがんばろうと思っていたら、もうひとつ後悔のタネが増えた。それは「オカルト研究会」という怪しげなサークルだ。サークル勧誘のとき、ほかのサークルはキャンパスに看板やデスクを置いたり、にぎやかにチラシを配ったりしているのに、オカルト研究会は男ふたりが校舎の陰にひっそり佇《たたず》んでいた。

ひとりは青白く彫りが深い顔でげっそり痩《や》せ、黒いセルフレームのメガネをかけている。シャツもチノパンもスニーカーも黒だ。

もうひとりは扁平《へんぺい》な顔でむくむく肥《ふと》り、味付海苔《あじつけのり》を貼ったみたいに眉毛が濃い。胸に「天地無用」と筆文字で書かれた赤いロンTをノンウォッシュのジーンズにインして、ゴムサンダルを履《は》くという超絶的センス。

メガネ男は「オカルト研究会　新入生歓迎」と下手《へた》くそな字で書いたパネルを持っていて、デブ男は「否定派も歓迎」と書いた団扇《うちわ》で自分の顔をあおいでいる。ふたりは行き交う学生たちをぼんやり眺めるだけで、勧誘する様子もない。

あまりに異様な雰囲気だから、うっかり立ち止まったらメガネ男が意外にすばやい動きで近寄ってきて、きみきみ、といった。

「きみはオカルトって、なにかわかる?」

「えーと、幽霊とか超常現象とか、そういうのですよね」

「そうそう。よくわかってるじゃん」

「いえ、あんまわかってないですけど――」

「じゃあ、わかるために入会ね」

わかるために入会って、どういう謎理論だよ。カステラは潰《つぶ》せばちいさくなるからカロリーゼロのほうがまだわかる。蒼太郎は胸のなかでツッコミつつ、いえあの、といった。

「いまちょっと急いでるんで――」

「そうなんだ。じゃあ急いで入会手続きをしよう」

「いえ、そういうことじゃなくて――」

いつのまにかデブ男がそばにいて団扇で顔をあおぎながら、

「ああやこうやいわんと、入会したらええねん。うちのサークル入ったら、めっちゃモテるでえ」

そんなことは五万パーセントありえない。大学にこのサークルしかなくても、ありえない。そもそも彼らに声をかけられたのは同類とみなされたみたいでショックなのだ。そのうえオカルトといえば、いまだに尾をひいている怖い体験がある。けれどもデブ男はこっちの気も知らずに、

「ここで会《お》うたんは、うちに入る運命ちゃう？　知らんけど」

「いやいやいや――」

　やめときます、といおうとしたら、黒髪を肩まで伸ばした女の子が駆け寄ってきた。白いブラウスにデニムのスカート、白いスニーカー。ナチュラルメイクの童顔がういういしい。

　あ、紹介しよう、とメガネ男がいって、

「新会員の文月麻莉奈《ふづきまりな》くん。学部は文学部だっけ」

「はい」

「え、ぼくも文学部です」

「そうなんですね。よろしくお願いしまあす」

　彼女に笑顔で一礼されて、こちらこそよろしく、と会釈《えしゃく》したのがまちがいだった。メガネ男に入会すると決めつけられ、その場で入会申込書にサインするは

めになった。ただでさえ文学部は就職に不利だといわれているのに、サークル活動がオカルトでは面接で即座にはねられそうだ。毎月の仕送りはすくないから、早くバイトを見つけなければならない。やはり退会しようかと思ったが、なにもしないうちから辞めるというのも気まずい。

きょうは六時からメガネ男――万骨伊織《ばんこついおり》の自宅で新歓コンパがある。万骨なんてペンネームみたいな苗字だが、彼はオカルト研究会の会長だ。デブ男は副会長で、鯨岡心平《くじらおかしんぺい》という。ふたりは文学部の二年生だから大学について知るために、親しくなっておいて損はない。

いや、損があるかも。またくよくよ悩んだけれど、退会はいつでもできるし、文月麻莉奈と知りあえるだけでもラッキーだ。彼女の清楚《せいそ》な雰囲気や涼しげな瞳を思いだすと胸がときめく。高校時代は女子との出会いがまったくなかったから、こんどこそ彼女がほしい。

蒼太郎は洗面所の鏡のまえで、ヘアブラシを手にした。東京にきてはじめていった美容院で勧められたアップバングとかいう髪型だが、きれいにセットされていたのは美容院をでたときだけで、自分では二度と再現できない。

万骨の自宅は、大学から近い住宅街にある三階建てのアパートだった。蒼太郎が住んでいるマンションよりはるかに古く、外壁は黒くくすんでひび割れている。エントランスとはとても呼べない入口にはドアもなく、足を踏み入れたらタバコの吸殻《すいがら》やゴミが散らばっていた。

万骨の部屋は二階にある。タバコの焼け焦《こ》げだらけの階段をのぼったら、下着姿の痩せこけた老人とすれちがって、ぎくりとした。裸電球がともった廊下は薄暗く、どこからともなく饐《す》えた臭いがする。住所をまちがったのかと思ったが、塗料の剝《は》げかけたドアに貼られた紙に、万骨と書いてあった。

チャイムのボタンを押しても、電池切れなのか音がしない。恐る恐るドアをノックして、多聞蒼太郎ですけど、といったら、

「開いてるよー」

万骨伊織の声がした。

ドアを開けたら室内は思ったよりも広く、キッチンのむこうに八畳ほどの和室があった。和室のまんなかに古めかしいちゃぶ台があり、万骨のほかに鯨岡心平

と文月麻莉奈、知らない男女のぜんぶで五人が座っていた。

男はツーブロックの髪で、日焼けした顔に顎髭《あごひげ》を生やし、スカル——骸骨《がいこつ》の柄《がら》が入ったジャージ姿だ。女は金髪で化粧が濃く、ぴちぴちのTシャツにショートパンツを穿《は》いている。マイルドヤンキーにギャルという印象だから、オカルトには縁がなさそうだった。ところが、ふたりは新会員の一年生で、蒼太郎とおなじ文学部だという。男は四辻遊馬《よつじゆうま》、女は貴舟歌蓮《きふねかれん》と名乗った。

蒼太郎が自己紹介すると、

「おいっす」

「よろぴくー」

ふたりは軽いノリで答えた。よし、と万骨がいって、

「みんなそろったから、はじめようか」

ちゃぶ台の上にはポテトチップスやえびせんや柿の種やチョコレートといった菓子がある。万骨がキッチンの冷蔵庫から缶チューハイをだすと、飲みものはここにあるんで勝手にどうぞ、といった。

「ただし未成年者はノンアルで」

　蒼太郎たち新会員はミネラルウォーターやコーラやジュースを持ってきて、みんなで乾杯した。新歓コンパといえば居酒屋やレストランでやりそうなものだが、なんともしょぼい。部室はないのか万骨に訊《き》いたら、オカルト研究会は非公認サークルだから部室も予算もないという。

「顧問の先生はいちおういるけど、あんまりあてにならない」

「じゃあサークル活動はむずかしいんじゃ――」

「むずかしいけど、やる気さえあればなんとかなる。オカ研を立ちあげたときは大学の七不思議を調査した」

「え？　うちの大学にそんなのあるんですか」

「あるよ。正確にいえば、当時はあった。開かずのトイレとか、幽霊がでる部室とか、夜に動く銅像とか――。でも調べてみたらそんな事実はなく、ぜんぶ噂《うわさ》話《ばなし》だった」

「それで過去形になったんですね。ほかにはどんな研究を？」

「心霊スポットや心霊写真、都市伝説の調査、怪異を体験したひとの取材。科学で割り切れないものなら、ジャンルを問わず研究対象さ」

「ぶっちゃけ幽霊っているんすか」

四辻遊馬が訊いた。いるいる、と貴舟歌蓮がいった。左手首にパワーストーンのブレスをいくつも重ねづけしている。

「あたし、なんべんも見た」

「マジで？」

「うん。あたし霊感あるっぽいもん。ほら、これ見て」

歌蓮はスマホの画面をタップすると、最近公園で自撮《じど》りしたという画像をみんなに見せた。彼女の背後にある木の葉っぱのなかに、ひとの顔のようなものがある。遊馬が眼を見開いて、やっべ、これ幽霊じゃん、といった。

「この公園って、なんかいわくがあんの」

「わかんないけど、ひと気がなくて昼間でも薄暗いの」

「じゃ幽霊撮りにいこう。ユーチューブにアップすっから」

早まっちゃだめだよ、と万骨が口をはさんで、

「その画像は、木の葉っぱと影が眼と鼻と口に見えてるだけさ。いわゆるシミュラクラ現象だね」

「シミュにゃにゃにゃって、なに？」

　歌蓮が訊いた。万骨によれば、人間は三つの点が逆三角形を描いた図形を、ひとの顔として認識する習性があり、それをシミュラクラ現象と呼ぶらしい。

「じゃあ霊じゃないってこと？」

「幽霊か否かを安易に判断しないで、地道にフィールドワークを続けていくのが大事だよ。たとえば、ぼくは個人的に怪談実話を集めてるから、肯定も否定もせずに体験者の話を聞く」

「怪談実話って、ほんとにあった怖い話的な？　幽霊がでるんっすよね」

　遊馬が訊いた。んー、と万骨はいって、

「幽霊がでるとはかぎらない。幽霊なんかでなくても、すごく怖い話がある。それがまたおもしろいんだ」

　エナジードリンクを飲んでいた鯨岡が、会長はなあ、といった。

「オカ研続けるために二年も留年したんやで。せやから、もう二十二やねん」

　蒼太郎をはじめ新会員たちは眼を丸くした。

　そんなのどうでもいいよ、と万骨が顔をしかめ、

「オカ研は、ぼくが初代会長だから歴史が浅いんだ。最近はオカルトっていうと白い目で見られることが多いし、大学側もいい顔をしない。でも、いまの時代って閉塞感《へいそくかん》がすごいと思う。格差社会とか不寛容社会とかいわれるように、みんなが生きづらさを感じてる」

それな、と歌蓮がいって、

「ちょっとしたことでもネットですぐ叩《たた》かれる。あたし高一のとき、ネットで炎上したからトラウマ」

「なんで炎上したの」

「ママにもらったヴィトンのバッグの画像アップしたら、子どものくせに贅沢《ぜいたく》とか貧乏人が見栄《みえ》張るなとか高校生は勉強しろとか――」

おれも炎上したよ、と遊馬がいった。

「中坊《ちゅうぼう》のとき、ファミレスのテーブルに乗って『恋ダンス』踊った動画で」

そんなの炎上するに決まってんじゃん、と歌蓮が笑って、

「でも、うちのママがいってた。自分が若いころの学生は、いまよりずっとのびのびしてたって。なんでこんなに息苦しい時代になったんだろ」

「原因はいくつかあるだろうけど、誰もがお金や見た目や承認欲求にこだわって、余裕を失ったせいじゃないかな。そんな息苦しい時代だからこそ、ときには現実を離れてオカルト的なもの――未知の世界や現象に思いをはせることが息抜きになると思う」

わたしも同感です、と麻莉奈がいった。

「自分の将来を考えるのは不安だけど、まだ科学で解明されてないことを考えたら、わくわくする。宇宙の果てはどうなってるのかとか、死後の世界はあるのかとか――現実逃避っていわれるかもしれないけど」

ええんちゃう、現実逃避、と鯨岡がいった。部屋は涼しいが、肥っているせいか顔に汗をかき、早くも二本目のエナジードリンクを飲んでいる。

「現実ばっか向きおうとったら息がつまるで。現実に絶望するさかい、なにかを思いつめて自殺したり、ブチキレて凶悪事件起こしたりしてまうねん。せやから、わいは人間のどろどろした心の闇に興味がある」

「人間の心はオカルトとはちがうんじゃ――」

蒼太郎が訊いた。鯨岡はかぶりを振って、

「人間の心いうたら意識やろ。意識の存在を疑う奴《やつ》はおらんけど、客観的に観察することはできひん。脳科学者や医者だって、意識がどこにあるんか質量はあるんか、そもそも物質なんかすら、わかってないねん」

「オカルトは、超自然的なことや眼に見えないことと定義されてる。加えて科学で解明されてないという点で、意識もオカルトの範疇《はんちゅう》かもしれない」

と万骨がいった。遊馬がポテトチップスをばりばり食べながら、

「オカ研って、けっこうまじめなんすね」

「ぜんぜんゆるいよ。こうして集まるのも週一くらいだし。せっかく会員になったんだから、みんなで楽しまなきゃ」

「じゃあ怖い話してくださいよ。さっき会長がいってたっしょ。幽霊なんかでなくても、すごく怖い話があるって」

「んー、そうだな」

万骨はすこし考えてから黒縁メガネを中指で押しあげて、

「たとえば、こんな話がある。九州のK市にある分譲マンションで、一九九八年に三〇二号室の住人が自殺した。火災があったようだから焼身自殺かもしれな

い。そのあと四〇二号室の住人が、真下の三〇二号室を購入したんだ」

「えッ、自殺があったのに？」

「そうなんだよ。自殺や殺人など変死があった物件は心理的瑕疵《かし》——借主や買主に心理的な抵抗が生じるので、変死の発生から概《おおむ》ね三年間は告知義務がある。こういう物件を事故物件と呼ぶけど、四〇二号室の住人は真下の部屋で自殺があったのは、もちろん知ってただろう」

「だったら、なぜ——」

「理由はわからない。しかもその住人は工事をして、四〇二号室と三〇二号室を階段でつないじゃったんだ。どちらも自分が買ったからって、勝手にそんなことするのはだめだと思うけど」

「階段を作った理由も、わからないんですよね」

「うん。わかってるのは、その住人が二〇一〇年に自殺したことだけだ」

「うわ、マジっすか」

「やっぱ」

遊馬と歌蓮が口々にいった。それだけじゃない、と万骨はいって、

「この近くのマンションでは、二〇〇六年にミイラ化した三人の女性の遺体が発見されてる。さらに二〇一八年には、ネットで知りあった女性四人がマンションの一室で練炭《れんたん》自殺した。どちらも四階と三階をつないだマンションから、歩いて十分もかからない距離にある」

「その土地、ぜったいおかしいよ。うー、寒くなってきた」

歌蓮がそういって両手で肩をさすった。次の瞬間、ばきばきばきッ、と天井から大きな音がした。蒼太郎はぎくりとし、麻莉奈もこわばった顔で固まっている。おわッ、と遊馬が眼を剝《む》いて叫び、歌蓮はのけぞって宙をあおいだ。

「この部屋、なんかいるんじゃね？」

「おっても不思議ないで。な、会長」

万骨は肩をすくめて缶チューハイをあおった。

あの、と麻莉奈が眼をしばたたいて、

「どういう意味ですか」

「ああ、ここ事故物件だから」

万骨はこともなげに答えた。

数秒の重たい沈黙のあと、またまたまたあ、と遊馬が笑って、

「会長、冗談きついっすよ」

「ほんとだよ。日本唯一の事故物件公示サイト『大島《おおしま》てる』にも、ちゃんと載ってる。みんなこっちにきて」

万骨は立ちあがって襖《ふすま》を開けた。

新会員の四人は、おずおずと部屋を覗《のぞ》いた。そこはまた和室で六畳くらいの広さだった。壁際の三方に大きな本棚があり、オカルト関係の本やＤＶＤがぎっしりならんでいる。本は畳のあちこちにも積みあげてあり、オカルトに対する熱意がうかがえる。万骨は蒼太郎の足元を指さして、

「ほら、そこは畳の色がちがうだろ」

ほかの畳は黄ばんでいるが、自分が立っているところは畳が新しい。胸騒ぎを感じていると、万骨は続いて鴨居《かもい》を指さした。

「まえの住人がここにロープをかけて、首を括《くく》ったんだ。亡くなってひと月も経って発見されたから、そこの畳にべっとり体液がしみてたらしい」

思わず飛びのいたら、足がもつれて尻餅《しりもち》をついた。

首吊《つ》りの屍体《したい》いうのはな。鯨岡がぼそりとつぶやいた。

「しばらく経つと首が伸びるんやで。床に爪先がつくくらいに」

麻莉奈と遊馬と歌蓮はことばもなく立ちつくしている。いくらオカルト好きでも、首吊り自殺があった部屋に住むなんて正気じゃない。

かかかかか、と蒼太郎は声を震わせた。

「帰っていいですか」

とたんに雷鳴が轟《とどろ》いて肝《きも》を潰《つぶ》した。ざあッ、と竹ぼうきを掃《は》くような音とともに土砂降《どしゃぶ》りの雨が降りだした。

二

きょうの昼食は学食のカツ丼だった。倹約しようと思っていたのに、つい大盛りにしたから午後の講義はまぶたが重くなる。同級生たちは熱心さに欠けると思ったけれど、ひとのことはいえない。

「――であるからして、古代エジプトは紀元前三千年ごろに統一王朝が樹立された。歴史家であるヘロドトスやマネトによれば、ファラオのメネスが上下エジプトを統一し――」

世界史の教授が教壇でしゃべっている。蒼太郎《そうたろう》は講義に集中しようとするが、いつのまにか頭ががくりと垂れて、われにかえる。背後でいびきが聞こえるので振りかえったら、四辻遊馬《よつじゆうま》がいた。遊馬は眼を開けてスフィンクスみたいな姿勢でまえをむいている。にもかかわらず、いびきをかいているから驚いた。いまに生きる古代エジプトだ。

その隣に貴舟歌蓮《きふねかれん》がいて、花柄のネイルアートを施した指で堂々とスマホをいじっている。ふたりはすがすがしいほど勉強する気がないが、文月麻莉奈《ふづきまりな》は教壇のまえの席にいて、ノートにペンを走らせている。自分を含めタブレットやノートパソコンで講義を記録する学生が多いなかで、手書きなのがいい。

蒼太郎が教室に入ったとき、麻莉奈はもう席についていた。思いきって隣に座りたかったけれど、その勇気がなかった。どの講義も退屈だから、麻莉奈の隣に座っても真剣に聞く自信がない。といってサボったり居眠りしたりすれば、彼女に軽蔑《けいべつ》されるかもしれない。

いままで退屈でなかったのは、文芸創作を担当している御子神兵吾《みこがみひょうご》の講義だけだった。御子神はぼさぼさの白髪で不精髭《ぶしょうひげ》を伸ばし、歳は六十代なかばに見える。御子神の最初の講義がはじまるまえ、教室はざわついていた。

ぽかぽかと天気のいい午後で、私語が多いだけでなく、かなりの学生が居眠りをしていた。蒼太郎も睡魔と闘っていたが、御子神は教室に入ってくるなり、なにかにけつまずいて床に倒れこんだ。とんでもない物音に私語はやみ、寝ていた学生たちが飛び起きた。

「すまんすまん。この歳になると足にくるんじゃ」

御子神はしゃがれた声でいって立ちあがり、よれたスーツを手ではたいた。御子神は椅子にかけると教卓に頬杖《ほおづえ》をついて、

「きょうは、よか天気じゃのう。こげなよか天気に勉強なんかせんでもよかろう」

学生たちは、きょとんとして顔を見あわせた。

「外で遊びたい学生は、帰ってええぞ」

御子神のことばは九州らしい訛《なま》りがある。先生、と遊馬が手をあげた。

「それで単位はもらえるんですか」

「やるやる。単位くらい、なんぼでもやる。ただし損するのはきみらじゃ」

「損するとは？」

「この程度の大学を卒業したって学歴のうちに入らん。知名度は低いし偏差値も低い。お客さん気分できとる学生も多かろうけど、ぽかんと口開けて待っとるだけじゃ、高い学費がむだになるぞ」

「ちゃんと勉強しろってことですか」

「ひとにいわれてしぶしぶやるのは勉強やない。勉強ちゅうのは、みずから進んでやるもんじゃ。自分で学んでみて、わからんことがあるから、先生に訊《き》く。そのために、わしがおる」

御子神は続いて講義の内容を説明した。

「文芸ちゅうのは、小説や詩や随筆《ずいひつ》や戯曲《ぎきょく》や文芸評論のことをいう。その創作について学ぶんがこの講義やが、こむずかしいことはいわん。文章が上達する秘《ひ》訣《けつ》はひとつしかない。よく読んで、よく書くことじゃ。はい質問」

はい、と麻莉奈が手をあげて、

「小中高で習った作文と小説は、どうちがうんですか」

「よか質問やの。学校で習う作文は、自分が体験したことや感じたことを書く。それを読むのは先生や同級生くらいやろ。一方、小説ちゅうのは多くのひとに読んでもらうためにある。多くのひとに読んでもらうには、読者を惹《ひ》きつけるなにかが必要じゃ」

「読者を惹きつけるなにか――」

「おもしろがらせる、怖がらせる、泣かせる、勇気づける、厭《いや》な気持にさせる、なんでもよか。しかしふつうのことを書いたって読者は興味を持たん。たとえば『わたしはゆうべ自分の部屋で、遅くまでマリオカートをしていました』と書いたら、ただの作文じゃ。しかし『わたしはゆうべ祖母が死んだ部屋で、遅くまでバイオハザードをしていました』と書いたら異様やろ。読者は興味を持つ。極端にいうたら、これが小説じゃ」

御子神兵吾の講義は興味深かった。けれども、この程度の大学を卒業したって学歴のうちに入らんというのは問題だろう。知名度も偏差値も低いのは事実にせよ、それをいわれて意気消沈した学生がいるかもしれない。御子神は教授や准《じゅん》教授ではなく非常勤講師のようだから、あんな発言をしてクビにならないか心配になった。

世界史の講義はまだ続いている。今夜は定例会とやらで、また万骨《ばんこつ》の部屋にいかねばならない。新歓コンパがあったのは四日まえだった。あの夜は豪雨のせいで帰りそびれ、明け方に雨がやむまで万骨の部屋にいた。蒼太郎は首吊《つ》り屍体《したい》が見えそうな気がして恐ろしく、みんなの会話が耳に入らなかった。

わざわざ事故物件に住むなんて考えられないが、

「建物が古いから、ときどき変な音はするけど、そのくらいだよ。家賃は二万円だし、もし幽霊がでたら研究対象になる」

万骨は平気な顔でいった。かつて事故物件は避けられる傾向にあったが、家賃が破格に安いので最近は借り手が多いらしい。幽霊がでるのを期待する万骨はべつにして、そういうものを信じない住人が多いのだろう。

「次回のテーマだけど、各自で怪談を語ろうよ。自分の体験でもいいし、誰かに聞いた話でもいい。でも、みんなが知ってるメジャーな話はNG」

新歓コンパの終わりに万骨はそういった。あの陰気な部屋で怪談話をするのは怖いけれど、未知の世界や現象が存在するのなら、探究してみたいのはたしかだった。

万骨がいったとおり、いまの時代には閉塞感をおぼえる。コロナ禍で自宅にこもってネットばかり見ていたころ、誹謗中傷《ひぼうちゅうしょう》や炎上が目についた。ささいなことで鬼の首をとったように騒ぎたて、相手を謝罪に追いこむ匿名《とくめい》のひとびと。ささいなことでない場合は、炎上どころか大爆発する。

レスバトルで論破したと勝ち誇る者、学歴や容姿や経済力でマウントをとる者、自分が気に入らない思想や趣味や生活習慣を持つひとたちを、ひとくくりにレッテル貼りしてカスとかクズとかゴミと呼ぶ者。掲示板のスレッドには「××終了のお知らせ」「××はオワコン」「無事死亡」「人生オワタ」といったタイトルがならぶ。そして、さらなる不安をあおるマスコミ。

ネットやマスコミの情報がすべてではないと思いながらも、殺伐《さつばつ》とした社会にうんざりする。それが未知なるものに惹かれる理由かもしれない。けれども過去の体験を思いだすと、いまだに鳥肌が立つ。

あれは中学一年のときだった。実家がある町内で、住人があいついで病気や事故で亡くなり、両親はそのたび葬儀にいった。

近くに住んでいる祖母は信心深いせいか、

「死神でもおるんでねえか。気ィつけねば、あぶねえど」

なんまんだぶ、なんまんだぶ。数珠《じゅず》を持った手をすりあわせた。

ちょうどそのころの放課後、蒼太郎は教室に残って同級生たちとしゃべっていた。同級生は男子がひとりと女子がふたりで、誰かがコックリさんをやろうといいだした。コックリさんがなんなのか、そのときまで知らなかった。

画用紙に鳥居のマークと「はい」「いいえ」、ゼロから九までの数字、「あいうえお」から「ん」までの五十一音を書き、十円玉を鳥居のマークに置く。全員が肩の力を抜き、十円玉にひと差し指を乗せて、

「コックリさん、コックリさん、おいでください」

そう呼びかけたら十円玉が動きだし、みんなの質問に答える。コックリさんはいったんはじめたら、お帰りくださいとお願いして鳥居にもどるまで十円玉から

指を離してはいけない。

クラスの誰それさんは誰が好きかとか、自分は何歳で結婚できるかとか、他愛のない質問が続いた。指先に力を入れていないのに十円玉が動くのがおもしろかったが、誰かが動かしているのだろうと思った。やがて蒼太郎が質問する番になった。あのとき、なぜあんなことを訊いたのか自分でもわからない。

「コックリさん、コックリさん、ぼくは何歳まで生きられますか」

十円玉はするする動き、は、た、ち、で止まった。

蒼太郎はぎょッとした。が、みんなの手前強がって笑い、

「マジすか。もうちょい延ばせませんか」

十円玉はそれきり動かなくなった。お帰りくださいと何度頼んでも動かない。祟《たた》られる。とり憑《つ》かれる。呪《のろ》われる。女子たちがそういって泣きだした。コックリさんをどうやってやめたのか記憶にないが、怖かったのはその夜である。

午前二時をすぎたころ、自分の部屋で寝ていたら息苦しさに眼が覚めた。常夜灯がともった薄暗い室内に、なにかがいるような気配がする。怖くて起きあがろうとしたが、軀《からだ》がまったく動かない。生まれてはじめての金縛《かなしば》りだった。胸が痛

くなるほど鼓動《こどう》が速くなり、全身に冷たい汗が噴きだした。得体のしれない恐怖におびえて眼だけを動かしていると、黒い靄《もや》のようなものが浮かびあがった。それはゆっくりと像を結び、輪郭《りんかく》があらわになった。

部屋の隅で、黒い着物姿の老人が膝をそろえていた。髪を短く刈った老人は深い皺《しわ》が刻まれた顔でこっちを見ている。そのとき、祖母のことばを思いだした。

この老人は死神だ。

コックリさんを途中でやめたから、迎えにきたのにちがいない。お願いです、待ってください。お願いです、まだ連れていかないでください。頭のなかで必死に念じていたら、老人は正座したまま、すうッと近寄ってきた。

あまりの恐怖に意識が遠のいて、気がつくと朝だった。金縛りは解けていたけれど、急に熱がでて学校を何日か休んだ。その夜のことは両親や同級生にも話さなかった。うかつに話せば、死神を呼び寄せる気がしたからだ。

あれ以来、はたちになるのが怖くなった。ふだんは考えないようにしてきたが、来年にははたちを迎えてしまう。そのとき、また黒い着物姿の老人が迎えにくるのかと思ったら、恐ろしくてたまらない。

きょうの講義が終わったのは六時まえだった。四辻遊馬と貴舟歌蓮はチャイムが鳴ると同時に、ゲートが開いた競走馬みたいな勢いで教室をでていった。

蒼太郎は机の上をゆっくり片づけてタイミングを計った。文月麻莉奈が席を立つのにあわせて教室をでてから、さりげなく廊下で声をかけた。が、そのときになって苗字《みようじ》で呼ぶべきか名前で呼ぶべきか、くん付けかさん付けか、はたまたちゃん付けか、コンマ何秒かのあいだに迷いがあって「あ」としかいえなかった。女子への声かけにランキングがあるとしたら、ワースト確定だ。

恥ずかしさに顔が炎上しかかったが、麻莉奈は落ちついた表情で、

「どうしたの、蒼太郎くん」

おとなしそうな外見に似あわず、名前呼びとくん付けに迷いがないと思いつつ、いやあの、と蒼太郎はいって、もっとも無難な選択をした。

「ふ、文月さんも定例会いくんだよね」

「麻莉奈でいいよ。苗字で呼ばれるのって固い感じだし」

「いや、呼び捨てはあんまりだから――」

「いいってば。遊馬と歌蓮とも話したの。同級生なんだから、おたがい呼び捨てにしようって。だから今後は蒼太郎でいい？」

「ぜんぜんオッケー」

「定例会、いっしょにいく？」

「も、もちろん。お邪魔でなかったら」

「そのまえにバイト先に寄っていい？　ゆうべスマホ忘れてきちゃったから」

「え？　もうバイトしてるんだ」

「うん。居酒屋」

麻莉奈は軽い足どりで歩きだした。彼女と親しくなれそうな予感に舞いあがったが、蒼太郎はそれを悟られぬよう神妙《しんみょう》な面持《おもも》ちであとを追った。

麻莉奈がバイトしている居酒屋は駅から近い繁華街にあった。

昭和から営業していそうな木造の建物で、看板に「酒房　狐屋《きつねや》」と書かれている。縄のれんをはねてガラス戸を開けると、もうもうとした煙とともに焼鳥の旨《うま》そうな匂いが漂ってきた。

黒光りした木製のカウンターのむこうに焼台《やきだい》があり、艶《つや》のいいハゲ頭にねじり鉢巻《はちまき》をした六十がらみの男がいる。作務衣《さむえ》を着た男は串《くし》をかえしながら、

「よう、お疲れさん」

笑顔をむけてきた。まだ早い時間だけに、客は中年の男女がカウンターにいるだけだった。カウンターは八人がけで、小上がりが三つある。店の奥から前掛けを締めた男がでてきた。すこし垂れ目の甘い顔だちで二十代前半に見える。ほっそりした体形の男はスマホをさしだして、

「はい、忘れもの。流し台の上にあったよ」

「すみません。うっかりしてて」

麻莉奈は頭をさげてスマホを受けとった。男はこっちを見て微笑すると、

「もしかして、麻莉奈ちゃんの彼氏？」

蒼太郎はかぶりを振った。同級生です。麻莉奈は残念なほどきっぱりといい、

「いまからオカ研の定例会にいくので」

「オカ研？」

彼女がオカルト研究会のことを説明したら、へえ、と男は笑って、

「そういうのに興味あるんだ。なに研究するの」

「わたしは、この地域にまつわる怖い話や言い伝えを調べてみたいです」

「だったら大将に聞けばいい。この街にくわしいから」

「おれの話は怖いぞお」

ねじり鉢巻の男は話を聞いていたらしく、口をはさんだ。

「大将、こんど聞かせてください」

「いいけどよ、ちびっても知らねえぞ」

男は目尻に皺を寄せて笑うと、蒼太郎にむかって、

「お兄ちゃんは、なにかバイトしてんのかい」

「いいえ、まだです。早く見つけたいんですが」

「なら、うちはどうだい。もうひとりバイトがほしかったんだ」

突然の誘いにとまどったが、麻莉奈といっしょにバイトできるなら願ったりかなったりだ。彼女も賛成してくれたから、来週から働くことになった。

店主は狐塚晋吉《きつねづかしんきち》という名で狐屋の店名はそこからとったらしい。バイトの男は温見良和《ぬくみよしかず》という。温見は高偏差値で知られる国立大学の三年生だと聞いて劣等

感をおぼえた。しかし温見はそれを鼻にかける様子もなく、

「親がうるさいから受験しただけさ。ほんとは勉強なんかするよりも、こういう接客業がしたい」

よろしく頼むね、といわれて気が楽になった。

店をでたあと麻莉奈と肩をならべて歩きながら、蒼太郎は浮かれていた。麻莉奈のこともバイトのことも、トントン拍子で進んでいく。バイトの時給はふつうだが、勤務は五時間くらいでシフトも自由がきくようだった。

「バイト決まってよかったあ。麻莉奈のおかげだよ」

万骨のアパートへいく途中で礼をいったら、でもね、と麻莉奈はいって、

「大将がいうには、みんな長続きしないみたいよ」

「どうしてだろ。感じ悪いお客でもくるの」

「ううん。お客さんは常連ばっかで、みんなふつう」

「だったら、なぜ――」

「わかんない。わたしもバイトはじめたばかりだから」

麻莉奈は大学主催の歓迎会のとき、友人の学生に会いにきていた温見と話した

のがきっかけで狐屋の求人を知ったという。みんな長続きしない理由が気になったが、彼女がいるから大丈夫だと思った。

その夜の定例会は、このあいだとおなじ六人が集まった。

万骨伊織、鯨岡心平、四辻遊馬、貴舟歌蓮、文月麻莉奈、そして蒼太郎である。万骨は怪談の雰囲気をだすためか照明を消し、ちゃぶ台に蠟燭《ろうそく》をともした。ただでさえ事故物件の部屋は不気味《ぶきみ》なのに、よけいなことをしてほしくない。

「ほんとは百《ひゃく》物語をやりたいんだけどね」

会の冒頭で万骨がそういった。

「マジでやったら明け方までかかるし、みんなもネタ切れになるだろう。でも、いつかやってみたい」

「百物語って百本蠟燭つけて、ひとりが話し終わったら蠟燭一本消すんでしょ。で、百話目の蠟燭が消えたとき、怖いことが起きるってやつ」

と歌蓮がいった。だいたいそんな感じだけど、と万骨がいって、

「古式にのっとってやる場合は蠟燭じゃなくて、ひも状の灯芯《とうしん》を使う。その灯芯

を百本、青い紙を貼った行灯《あんどん》の油皿に入れて火をともす。ほかにも新月の夜にやるとか、参加者は青い服を着るとか、語り終えて灯芯を一本消したら、隣の部屋に置いた鏡を覗《のぞ》くとか、いろいろ細かいルールがある。九十九話で止めなければいけないともいうし、途中でやめたら災いがふりかかるともいう」

「ややこしいなあ。蠟燭でやっても、せまい部屋で百本もつけたら暑いし、下手したら酸欠になるで」

と鯨岡がいった。きょうも顔に汗をかいている。それより、と歌蓮がいって、

「オールでカラオケいったほうがいいかも」

「オケボで怪談したら、おもろそう。つーか、オケボの怖い話あるよ」

遊馬がそういったのをきっかけに怪談会がはじまった。遊馬が語ったのは、渋《しぶ》谷《や》にあるカラオケボックスの話だった。その店は建物や設備が古いせいか他店よりも料金が安かったが、ある部屋は歌っていると妙なノイズが入ったり、急に音量があがったりといったトラブルが多く、不審な人影を見たという者もいる。

「だから、その部屋は従業員も入るのが厭だったらしい。で、ときどき誰もいないのにカラオケが鳴りだして、いつも決まった曲がかかる。それが『ようかい体

操第二』なんだって」

「最後のオチいる？　怖くなくなるじゃん」

歌蓮が首をかしげた。じゃあ、これは、と遊馬はいって、

「おれが小六のとき、夜中に眼を覚ましたら、かさかさッ、かさかさッ、て変な音がすんの。隣の布団でおふくろが寝てるから、なにしてんのかと思った。でも、おふくろを見ても、すうすう寝てる。おれはすんげえ怖かったけど、布団かはでて、そおっと音がするほうへいった。そうしたら――」

遊馬はそこでひと呼吸おいて、みんなの顔を見まわすと、

「ひっくりかえったゴキブリが、畳の上で脚をばたばたさせてたんだ」

「それ怪談ちゃうわ。怪異がなんも起きてへん」

「でも語りかたはよかったよ。最後に間をあけるところとか」

万骨がそういうと遊馬は笑顔になって、

「マジすか。おれユーチューバーで稼ぎたいから、語りがうまくなりてえ」

「怪談をイベントとかネットで語る、怪談師ってひとたちもいるよね。あたしもああいうのやってみたい」

と歌蓮がいった。きみは幽霊をなんべんも見たんだよね、と万骨がいって、

「そういう話を聞きたいな」

「あたしが高二の夏休みだったかな。同級生の女の子んちに泊まりにいったの。夜中までしゃべったあと、暑いから汗かいて、ひとりでお風呂に入った。で、髪を洗ってたら、子どもの声が聞こえるの。だーるまさんがころんだ、って。怖かったけど、換気扇の音がそう聞こえるのかと思った。でもシャワー止めて上を見たら――」

浴室の天井いっぱいに巨大な中年男の顔があった。画像編集ソフトでひきのばしたように顔は醜《みにく》くゆがんでいる。歌蓮は悲鳴をあげて浴室を飛びだすと、バスタオルを軀に巻いただけの姿で同級生が寝ていた部屋に駆けこんだ。とたんに同級生は跳ね起きて、いま、とおびえた顔でいった。

「夢のなかで、あんたが知らない男に殺されかけてた、っていうの。あんときは、ぞーッとした」

それは興味深い話だね、と万骨がいった。

「お風呂に入ってるとき、だるまさんがころんだ、は危険だって説がある。だる

まさんがころんだって口にしちゃいけないし、考えてもいけない。そのタブーを破ると怪異が起きるって」

「え、マジで？」

「霊は水場を好むし、髪を洗ってるときの姿勢は眼を閉じて身をかがめてるから、だるまさんがころんだをやってるみたいだろ。そのへんから生まれた都市伝説じゃないかな」

「やだ。考えるなっていわれたら、ぜったい考えそう」

「うん。髪洗うのが怖くなる」

　と麻莉奈がいった。万骨は続けて、

「そういう禁忌《きんき》系の都市伝説は、ほかにもあるね。紫の鏡、血まみれのコックさん、イルカ島みたいに、このことばをはたちまでおぼえてたら死ぬってやつ」

「うー、あたしぜんぶおぼえてる」

「大丈夫さ。もしそれで死ぬんなら、オカルトマニアはみんな死んでる」

　万骨のことばに勇気づけられ、蒼太郎は思いきって中学一年のときの体験を口にした。コックリさんにはたちで死ぬと予言されたこと、その夜はじめて金縛り

に遭《あ》って黒い着物姿の老人を見たことを語った。中一でそんな目に遭うのは怖いよね、と万骨はいって、

「ただコックリさんで十円玉が動くのは、不覚筋動だっていわれてる。不覚筋動とは無意識に筋肉が動くことで、おなじ姿勢を続けると起こりやすい」

「そっか。十円玉をずっと指で押さえてたら疲れますもんね」

「五円玉の穴に糸つけて、ぶらさげてみ。ぜんぜん力入れんでも、横に動くと思うたら動くし、まわると思うたらまわるで。ダウジングとおなじや」

「じゃあ十円玉が問いかけに答えるのは、誰かがことばを選んでるってこと?」

「意図《いと》的にやったんじゃないなら、ことばを選んでるのは潜在意識かもね。コックリさんで暗示がかかって催眠《さいみん》状態になってしまうこともある。それを憑依《ひょうい》現象と解釈するひとたちもいるから断定はできないけど」

不覚筋動や潜在意識が原因なら、コックリさんの予言はあてにならない。そう考えると、いくぶん気が楽になった。黒い着物姿の老人も催眠状態で見た幻覚かもしれない。次に麻莉奈が口を開いた。

「わたしも中一のとき、実家で怖いことがありました。うちの実家って一軒家だ

けど、古いからテレビドアホンとかインターホンもないんです。その日は両親と姉がでかけて、ひとりで留守番してて――たぶん夜の十時ごろだった。リビングでテレビ観《み》てたらチャイムが鳴りました。両親と姉が帰ってきたのかと思って玄関にいったけど――」

あらためて考えると、両親は鍵を持っているからチャイムは鳴らさない。麻莉奈は誰だろうと思いつつ、どちらさんですか、と訊いた。するとドアのむこうから、あたしよあたし、と年配の女の声がする。近所に住んでいる伯母《おば》のような気がしたので、恵美子《えみこ》おばちゃん？　と訊いた。

「そうそう。早く開けて」

女の声に違和感をおぼえた。恐る恐るドアスコープを覗いたら、肥った伯母とはあきらかにちがう痩《や》せた女が立っていた。女はうつむきかげんで顔はよく見えないが、いったい誰なのか。麻莉奈がおびえていると、

「早く開けて。早く開けてッ」

女は声を荒らげてドアを烈《はげ》しく叩《たた》く。なぜか玄関の照明が急に暗くなり、どんどんと和太鼓《わだいこ》のような音がどこからか聞こえてきた。怖くなった麻莉奈はリ

ビングにひきかえすと、両手で耳をふさいで震えていた。しばらくして女の声はやんだが、玄関にいく気はしない。やがてドアが開く音がして両親と姉が帰ってきた。麻莉奈がほっとしていると、

「ちょっと、これどうしたの」

母はそういって玄関のドアを開け、外のタイルを指さした。そこは水を撒《ま》いたようにびっしょり濡《ぬ》れている。しかし雨は降っていない。

「あの女のことをいっても、両親は気のせいだろうっていうんです。でも玄関が濡れてたのは気のせいじゃないし――あのときドアを開けてたら、どうなったんだろうって――」

鯨岡がくっくっと笑い、通りすがりのおばはんちゃう、といった。

「おばはんがトイレにいきとうて、麻莉奈はんちに凸《トツ》ったけど、我慢できへんで漏らしたとか」

「そうやって茶化さない」

と万骨がいった。すんまへん。ほな、わいが次話そう、と鯨岡がいった。

「ずいぶんまえに聞いたんやけど、ある女の子が毎晩奇妙な夢を見るねん。夢ン

なかで女の子は両親と車に乗ってる。どこかへドライブしてるみたいな雰囲気で、いつも景色はおなじやった。けど、車が急カーブにさしかかったとき、対向車線から大型トラックが飛びだしてくる。あぶないッ、ぶつかるッ。女の子はそう思うてめっちゃ焦《あせ》るけど、車はぎりぎりで大型トラックを避けて、ほっとする」

女の子はその夢を何度も見たが、眼を覚ますと自分の部屋で、特に変わったことはない。隣室のベッドで寝ている両親を起こすほど怖くもなく、家族でドライブにいく予定もないから心配ないと思った。

ある夜、女の子はまたいつもの夢を見た。両親と車に乗っていると、急カーブで大型トラックが飛びだしてきた。あぶないッ、ぶつかるッ。そう思った瞬間、車のドアが開いて、女の子は道路に転げ落ちた。はっとして眼を覚ましたらベッドのなかだった。窓の外は真っ暗で、ぴちゃんぴちゃんと雨音が聞こえる。夢がいつもとちがうのが気になったが、女の子はふたたび眠った。

やがて朝になり、女の子は部屋をでた。ふだんなら母が朝食を作っている時間なのにキッチンには誰もいない。しばらく待っても両親は起きてこず、寝室のドアをノックしたが返事はない。

「それでドア開けたら、両親は頭から血ィ流して死んでたんや。警察が調べたところやと、何者かが家に侵入して寝ている両親を殺し、金や貴重品を盗んで逃げたらしい」

蠟燭の炎に浮かぶ鯨岡の顔は邪悪に見える。えぐすぎ、と歌蓮がいって、

「女の子、むちゃくちゃショックじゃん」

「まだショックなことがあるねん。女の子が夜中に聞いてた、ぴちゃんぴちゃんて雨音な——あれ、両親の頭からしたたる血の音やってん」

陰惨《いんさん》な話に、すこしのあいだ沈黙があった。遊馬がごくりと喉《のど》を鳴らして、

「それ、ほんとの話っすか」

「ほぼほぼな。わいがちょっとアレンジしたけど」

「なんだ、ガチじゃないんだ」

「鯨岡くんの話は反則気味だけど、怖いからよしとしよう」

じゃあ、ぼくの番ね、と万骨がいった。

「これは祖父から聞いた話。祖父は大学生のころ麻雀《マージャン》が好きで、よく雀荘に通っ

てた。そこで知りあったSさんって男のひとがいて、ときどきアパートに遊びにいった。Sさんはだいぶ年上の彼女と同棲《どうせい》してたんだけど、あるときアパートにいくと彼女がいない。彼女はどうしたのかSさんに訊いたら、ケンカして東北の実家に帰ったって――」

ある夜、祖父は大学の同級生たちと呑《の》みにいった。何軒かはしごしてネオン街を歩いていると、彼女を連れたSさんとすれちがった。彼女はSさんにべったり寄り添っている。別れたといっていたが、よりがもどったのだろう。Sさんはこっちに気づかない様子だし、同級生がいたから声はかけなかった。後日、Sさんに雀荘で会ったとき、彼女のことをいったら顔色が変わった。

「そんなはずない。誰かと見まちがったんだろ」

むきになってそういうので反論はしなかった。それからSさんは雀荘にこなくなり、連絡がとれなくなった。病気でもしたのかと心配になってアパートにいったら、部屋に誰かいる気配はするが返事はない。

祖父は大学を卒業してその街を離れ、Sさんのことはすっかり忘れていた。ところが十年以上経《た》って、祖父がテレビを観ていると、解体中のアパートから白骨化した女性の遺体が発見されたというニュースが流れた。

「遺体が発見されたのは、Sさんが住んでいた部屋の床下だった。祖父は直感的に、遺体はSさんの彼女だと思った。でも確証はないから警察には連絡しなかった。それに——」

「それに、なんですか」

蒼太郎が訊いた。万骨は続けて、

「祖父はこういった。Sさんも、たぶんこの世にいないだろうって」

「後味の悪い話ですね。おじいさんが呑みにいったとき、Sさんと彼女がいっしょに歩いてたっていうのは——」

「祖父はたしかに見たっていった。でも、そのとき彼女はもう——」

万骨がそういいかけたとき、ばーんッ、と叩きつけるような音がした。

三

玄関のドアが開き、みんなは驚いて腰を浮かせた。

部屋に夜風が吹きこみ、白髪頭《しらがあたま》の男がよろめきながら入ってきた。誰かが照明をつけたら、御子神兵吾《みこがみひょうご》だった。先生、と万骨《ばんこつ》がいって、

「遅いですよ。顧問なんだから、しっかりしてください」

「非公認のサークルに顧問なんかいらんやろ。きみらが勝手にそう呼んどるだけじゃ。こうやって顔だしただけでも義理堅かろうが」

御子神はちゃぶ台のまえであぐらをかいた。どこかで呑んでいたらしく酒の匂いがする。いま怪談会をやってたんです、と万骨がいって、

「先生も怖い話をお願いします」

「怖い話ちゅうたら、わしはさっき寄ったスナックで二万円もとられたばい。ほんの二、三杯しか呑《の》んどらんのに」

「そんなこと知りません。だいたい先生はいつも呑みすぎですよ」

「呑みすぎがなんじゃ。ノーベル文学賞を受賞したアイルランドの劇作家、バーナード・ショーは、酒は人生という手術に耐えるための麻酔薬《ますいやく》だ、というとる」

「先生は麻酔がききすぎです」

「わいもそう思いますわ。健康診断で、あっちこっちひっかかってるんでしょ

う。ちゃんと病院いったほうが――」

「六十五にもなったら、あちこちガタがくるのがふつうやろ。なんぼ体調が悪かろうと、病名をつけられんかぎり病気やない」

「またそないな屁理屈《へりくつ》いうて」

「屁理屈やない。シュレディンガーの猫とおなじじゃ」

「シュレなんとかの猫って、どんな猫ちゃん？」

歌蓮《かれん》が訊《き》いた。きみはほんとに大学生か。御子神はあきれた表情でいって、

「オーストリアの理論物理学者、シュレディンガーが考案した思考実験じゃ。量子とは電子、中性子、陽子、光子などの素粒子《そりゅうし》をさすが、量子は観測しとらんときと、観測したときで状態が変わる。だから量子の軌道は観測できん」

「ミクロすぎるから観測できないってこと？」

「いや、量子は粒であり波でもある。量子は観測するまえ、ふたつの状態が同時に存在すると考えられるが、観測した瞬間、どちらかの状態に収束《しゅうそく》する」

「観測した瞬間で状態が変わるって、だるまさんがころんだ、みたいな感じ？もしかして、あたしが髪洗ってたときもシュレなんとかの猫？」

「なにをいうとるのかわからんが、とにかくミクロの世界ではそうなる。シュレディンガーはそれをマクロの世界に拡大解釈して、猫を入れた箱にたとえた」

「変なたとえ。それってどんな箱？」

「どんな箱でもよか。まず猫を箱に入れて蓋《ふた》をする。この箱は一時間以内に五十パーセントの確率で内部に毒ガスを放出する。一時間後、蓋を開けた段階で猫の生死は判明する。しかし量子力学的にいうと猫の生死が決定するのは、われわれが観測した瞬間なんじゃ」

「それってちがくない？　猫が生きてるか死んでるかは、そのまえに決まってるんじゃね？」

「それは一般的な考えかたよ。量子力学においては、生きている猫と死んでいる猫が重なりあった状態、つまり同時に存在していると解釈される」

「それってキモい。まるで怪談じゃん」

「コンピュータの父と呼ばれ、知能指数三百ともいわれるハンガリーの科学者、フォン・ノイマン博士は人間の意識が波動関数を収束させるというた。つまり人間が観測することで、猫の生死が決まるんじゃ」

うー、わけわからん。歌蓮は長いマツエクをつけた眼をしばたたいて、

「それに知能指数三百って、ありえなくね？」

「フォン・ノイマンは六歳で七桁から八桁の掛け算を筆算《ひっさん》でおこない、八歳で微分積分をマスターした。幼いノイマンは、弁護士の父親と古代ギリシャ語でジョークをいいあったそうじゃ」

「そんなのチートじゃん。おれ、いまでも微分積分できない自信ある」

遊馬《ゆうま》がそういって溜息《ためいき》をついた。先生は、と万骨がいって、

「シュレディンガーの猫を信じてるから、病院にいかないんですか」

「信じとるかどうかはともかく、一面では事実じゃ」

「事実って？」

「病気ちゅうのは、病院で診察や検査をすることによって確定する。しかし観測せんかぎり、わしは健康でも病気でもない。いわば、ゆらぎの状態にある」

「観測しなくたって病気にはなりますよ」

御子神はなんともめんどくさい性格のようだが、量子力学がそういうものなら一般人の理解を超えている点でオカルトに近い。

あ、そうだ。すっかり忘れてた。遊馬がそういってスマホをだした。遊馬はおといの夜、たまたま通りかかった神社が気になって撮影したといい、

「そしたら、こんなの撮れた。すごくね？」

みんなはかわるがわる画面を覗《のぞ》きこんだ。神社の境内に白い球体がいくつも写っている。オーブじゃん。歌蓮が甲高い声をあげた。鯨岡《くじらおか》が首をひねって、オーブねえ、といった。

「だいたいは空気中を漂ってる水分か埃《ほこり》や。それがフラッシュに反射してんねん。せやから水気の多いとこや廃屋《はいおく》で撮ったら、オーブがようさん写る」

レンズについた埃や汚れもオーブに見える、と万骨がいった。

「オーブは玉響《たまゆら》現象ともいうね。オーブがたくさん撮影されるようになったのは、デジカメが普及してからだよ。昔のフィルムカメラでは、いまみたいにオーブはしょっちゅう写らなかった。その理由はいろいろあるけど――」

もういいっす、と遊馬がいって、

「会長も鯨岡さんもオカルト否定派なんすか」

「そんなことはない。肯定にも否定にも偏《かたよ》らず、ニュートラルな立ち位置で考え

たいだけさ」

そういう姿勢って大事ですね、と麻莉奈《まりな》がいった。

「個人的に不思議なことはあってほしいけど、だからってなんでも肯定してると、ほんとのことが見えなくなりそうだから」

「じゃ怪談はどうすか。さっきみんなが話したなかには、ひとから聞いた話もあったっしょ。また聞きだってあるから、ガチの話かどうか調べようがないんじゃ――」

きみがいうとおり、と万骨がいった。

「怪談は科学的に検証できない場合がほとんどだ。でも怪談は事実かどうかよりも、怖さやおもしろさに価値があると思う」

「つーことは作り話でもいいってこと？」

「そのへんを曖昧《あいまい》にしておくのが怪談の要諦《ようてい》じゃな」

と御子神が口をはさんだ。

「江戸時代に一世を風靡《ふうび》した浄瑠璃《じょうるり》や歌舞伎《かぶき》の作者、近松門左衛門《ちかまつもんざえもん》は、芸の神髄《しんずい》は虚実皮膜《きょじつひまく》にあり、というた。芸――すなわち芸術の神髄は、事実と虚構のはざまにあるちゅうことじゃ。たとえば小説は事実のみ書き連ねても、役所の書類みたいなもんで読者の興味を惹かん。そこに虚構が加わることによってリアリティが増し、ひとの心を動かす。虚にして虚にあらず、実にして実にあらず、このあいだに慰《なぐさ》みがあったものなり、と近松はいうた。怪談も語れば話芸、文章にすれば文芸じゃから、おなじこと。怪談は虚実織りまぜて味わうべきで、事実かどうかを検証するもんやない」

「事実と虚構のはざまってシュレディンガーの猫みたいですね」

と万骨がいった。ふふん、と御子神は鼻を鳴らして畳に横たわり、

「幽霊もおなじじゃの。観測しようとすると逃げてゆく」

「怪談についてはわかったけど、マジ幽霊撮りてえ。ガチの動画撮ってユーチューブにアップしたら、百万くらい再生回数いくっしょ」

「収益化の条件満たしてへんと何百万回再生されても、収入はゼロやで」

「収益化の条件？」

「チャンネル登録者数が五百人以上、公開動画の直近十二か月の総再生時間が三千時間以上、またはショート動画の総視聴回数が直近九十日間で三百万回以上が

条件や。収益化の条件はほかにもあるし、チャンネル登録者が千人おっても、月収は数千円らしいで」

「きっついなあ。でも、がんばるっす。おれ就職無理っぽいし」

でもさあ、と歌蓮がいって、

「遊馬のパパって千葉で会社やってんでしょ。あと継《つ》げばいい」

「社長ったって二代目のボンボン。創業者のじいちゃんががんばっただけ」

「それでも親ガチャ当たりじゃん。いざとなったらパパ頼れるんだから」

「頼りたくねーよ。会社で作ってんのは佃煮《つくだに》とか惣菜《そうざい》とか地味なもんばっかだし、おれが三代目になったら即潰れる自信ある」

「うちなんか立川《たちかわ》のはずれのスナックよ。ママと従業員のおばちゃんたちで店やってて、お客はアラ古希《こき》のじいちゃんばっか。あと継ぎたくないもん」

わいは死んでもあと継がんで、と鯨岡がいった。

「おとん、岸和田《きしわだ》の漁師やねん。だんじり祭のときは毎晩酒呑んで大暴れしよる。おかんも兄貴もごっつ気ィ強いよってに、実家に帰るだけでも怖いねん」

あんがい漁師にむいてるんじゃない？　と万骨がいった。

「鯨岡くんは体格いいから」

「なにいうてまんねん。会長こそ、おとん見習《みなろ》うて警官になったら——」

「ぼくの話はいいんだよ」

「え？　会長のおやじさん、警官ってマジ？」

遊馬が訊いた。万骨は苦い表情で、まあね、といって、

「おやじはガチガチに頭が固いから、ぜんぜん話があわない」

うちもそうです、と麻莉奈がいった。

「父は図書館に勤めてて、母は小学校の先生。ふたりとも、もう就活のことでうるさいから、オカ研に入ったなんていえないもん」

蒼太郎の父は区役所の職員、母は専業主婦で、ふたりとも安心安全が第一という考えだ。ひとり息子だけに両親の期待は大きかっただろうが、それに応《こた》えるどころか、しだいに道を踏みはずしている気がする。蒼太郎がそれを口にすると、
御子神は畳に横たわったまま、

「誰しも親は選べんが、自分の行動は選べる。たとえば冥國大学を選んだのは、きみたちやろが。その時点で学歴偏重社会からこぼれ落ちとる。じたばたしても

手遅れやから、いまを楽しめ」

「先生はこのあいだもいいましたよね。この程度の大学を卒業したって学歴のうちに入らんって。あんなこといって大丈夫なんですか」

「大丈夫もなにも、ほんとのことやないか。学歴なんて実社会では役にたたんけど、就活には高偏差値の大学のほうが圧倒的に有利やろ。にもかかわらず、きみたちは不利な選択をしたんやから、いまさら就活で悩むのは矛盾《むじゅん》しとる」

「たしかに就活は不利でしょうね。エントリーシートをがんばって書いても、大手の企業は学歴フィルターでふるい落とすって聞きました」

「そのとおり。ゆえにきみらは、そんな企業とは異なる道を歩むべきじゃ」

御子神はみんなを落胆させているようでもあり、はげましているようでもある。が、浪人して国公立を受けるべきだったかとくよくよしただけに、自分の行動は選べるということばは重く感じた。

就活の話になったせいか、それから怪談は盛りあがらず解散になった。御子神はぐうぐう眠ってしまい、鯨岡は万骨の部屋に泊まるというから、一年生の四人でアパートをあとにした。

四人はぶらぶらと駅前の通りを歩いた。春らしくあたたかい夜のせいか、通りを行き交うカップルが多く、街角のネオンがなまめかしく映る。

「あーあ、就活のこと考えるのやめよ。もともとあんま考えてないけど」

歌蓮がそうつぶやいた。それがいい、と遊馬がいった。

「先生がいったみたいに、いまを楽しまなきゃ」

「うん。なんかいいことないかなあ」

「いいことってなによ」

「とりま出会いかな。大学入るちょっとまえ、彼氏と別れちゃったし」

「出会い求めるなら、オカ研なんかに入っちゃだめっしょ」

「そうなんだけど、縛りが多いサークルもやだから。遊馬は彼女いんの？」

「いたけど、ふられた」

「なんで？」

「夜ふたりで歩いてたら彼女がぽつんと、あたしのどこが好き、って訊いたの。

そのときおれ、めっちゃトイレ我慢してて考える余裕なくて、ぜんぶって答えた。でも彼女はもっと具体的にって、しつこく訊いてくる。そういう質問されたときは顔をほめるのがいいってネットに書いてあったから、すっぴんの顔って答えてコンビニにダッシュして――」

「それで?」

「コンビニでトイレ借りて、もどってみたら彼女いなかった」

「どうしてふられたの。すっぴんほめられたら、うれしいじゃん」

「うん。でも、よく考えたらその子のすっぴん、見たことなかったわ」

「あちゃー、それはまずいかも。蒼太郎はどう?」

「どうって、彼女ならいないよ」

中学のとき、同級生の子と淡い交際はあった。べつの高校へ進んだのとコロナ禍のせいもあって疎遠《そえん》になったが、麻莉奈のまえでいろいろ訊かれたくない。蒼太郎は話題を変えたくて、さっきの怪談のことを口にしたが歌蓮は乗ってこず、

「会長と鯨岡さんは彼女いるかな」

どうだろ、と遊馬が首をひねった。

「会長はけっこうイケメンだから、モテるんじゃね。鯨岡さんは悪いチー牛《ぎゅう》みた

いだから、テッパンで彼女いないっぽいけど――」

「悪いチー牛？　それってディスりすぎやろ」

「そういいながら笑ってるじゃん」

「てへぺろ」

チー牛とはチーズ牛丼を食べていそうなイメージの略で、オタクや陰《いん》キャ――陰気なキャラをさすネットスラングだ。歌蓮は続けて、

「麻莉奈は彼氏いる？」

「いるよ。たまにしか会えないけど」

麻莉奈は軽い口調でいった。

蒼太郎は、すこしずつ蓄えた木の実を奪われたリスのような気分で、その場にへたりこみそうだった。かろうじて平静を装ったが、頭のなかは真っ白だった。

四月下旬になって晴れの日が続いた。

キャンパスの芝生《しばふ》は緑が鮮やかで、昼休みになると学生たちは寝転んでしゃべったり、何人かでかたまってサンドイッチや弁当を食べたり楽しげだ。蒼太郎は

教室の窓から彼らを眺めつつ、深々と溜息《ためいき》をついた。

どんなことでも、やってから後悔するのはいつものことだが、今回はよくよくレベルが高い。麻莉奈に彼氏がいたというショックから、まだ立ちなおれない。清楚《せいそ》な外見から彼氏はいないと勝手に思いこんだのはうかつだったが、オカ研に入ったのも、居酒屋でバイトをはじめたのも彼女に惹かれたからだ。麻莉奈と交際できるかどうかはべつにして、その可能性くらいはほしかった。けれども、すべて終わった。あとに残ったオカ研とバイトは意欲が半減し、いつまで続けられるかわからない。

もうすぐゴールデンウィークだから、オカ研のメンバーはみんなで一泊二日のキャンプにいくというが、あまり気乗りはしない。どうせまた怪談話になるだろうから万骨の部屋にいるのと大差ないし、集団行動は苦手だ。中学一年のとき、おなじクラスの男子がいじめの対象になった。からかい半分のいじめだったが、それが不快で参加しないでいると、

「自分だけいい子にすんなよ。おまえもハブるぞ」

リーダー格の同級生におどされた。けれども意志が弱い自分には珍しく拒絶し

て、しばらくクラスじゅうに無視された。あのとき、みんなを同調させる集団行動がいじめにつながると思った。

もうひとつキャンプで厭《いや》なのは虫だ。あれは小学六年だったか。林間学校の夜、手にしていた懐中電灯めがけて、バカでかい蛾《が》がはたはた飛んできた。蒼太郎は悲鳴をあげて逃げまどい、みんなに笑われた。

きのう母から電話があって、

「こんどの連休は帰ってくるんでしょ」

そう訊かれたときは、だいぶ迷った。実家に帰ったほうがのんびりできそうだが、それはそれでもの足りない。コロナ禍で外出をひかえていたあいだ、実家にこもっている毎日に飽き飽きした。夏休みに帰ると答えたら、

「なんか元気ないね。五月病じゃない？」

「まだ四月だよ」

「五月病になるのは、いまごろの時期なの。だるくて落ちこんだりしてない？」

大丈夫だと答えて電話を切ったが、まさしくだるくて落ちこんでいる。うつろな眼でキャンパスの芝生を見ていると、遊馬に肩を叩《たた》かれた。

「なに見てんだよ。いい女でもいた？」

「そんなんじゃないよ」

「おれさあ、さっきナンパしたんだよ。鬼かわいい子が図書館入るの見たから、その子のあとついてって――」

その女子学生は、本棚から持ってきた古い単行本を机で読みはじめた。遊馬も本棚から適当に本をとって彼女の隣に座り、

「なに読んでるんすかって訊いたら、その子が表紙をこっちにむけたの」

そこには「日和下駄　永井荷風」と書いてあった。遊馬はすこし考えてから、

「ああ、ナガイニフウのニチワゲタね、っていったらガン無視された」

「文学部でそれはやばいよ。ぼくも荷風《かふう》は読んだことないけど」

「ま、いいさ。こんどのキャンプもワンチャンあるし」

「ワンチャンって？」

「女ばっかでキャンプきてる子もいるっしょ。いっしょにナンパしようぜ」

「でも――キャンプにいくかどうか迷ってる」

「ちょ待てよ。一年生の男は蒼太郎とおれだけだぞ。ぼっちになったら、おもろ

くねえじゃん。仲間って助けあうもんだろ。挑戦なくしてガチ恋なし。いこうぜいこうぜワンダーランド」

意味不明のパワーワードに苦笑して、キャンプ行きを承諾した。

七時をまわって「酒房狐屋《きつねや》」は混みあってきた。

昭和歌謡が流れる店内は、ぼんぼり型の照明がともりレトロな雰囲気だ。壁には黄ばんだ品書きがならび、大昔のグラビアアイドルが水着姿で生ビールのジョッキをかかげたポスターが貼ってある。小上がりに中高年の団体客がいて、大きな笑い声が耳につく。

蒼太郎が皿洗いをしていると、カウンターの男性客が声をかけてきた。

「ちょっとちょっと、ウシモシヤキってなに？」

なにをいっているのかと思ったら、黒板に書いてある本日のおすすめの牛モツ焼のツがシに見えただけだった。バイトはまだ慣れないせいで、わからないことや失敗が多く、自己嫌悪に陥《おちい》る。未成年だから酒は呑めないのに「日本酒、純米の辛口で」とか「おすすめの焼酎《しょうちゅう》は？」とか訊かれても、答えようがない。料理を客に運んだとき「え？　頼んでないよ」といわれたら固まってしまう。

もっとも店主の狐塚晋吉《きつねづかしんきち》はやさしいし、バイトの温見良和《ぬくみよしかず》もこまめにフォローしてくれる。その点はありがたいけれど、麻莉奈のことがなかったら、ほかのバイトという選択肢もあった。

麻莉奈は週末や温見が休みのとき、シフトがいっしょになる。店が終わったあと、深夜に彼女がひとりで帰るのは心配だし、自宅の方向がおなじなので送っていくが、彼氏がいると思ったら気おくれする。麻莉奈が住んでいるのは五階建てのこぎれいなマンションで、蒼太郎の自宅から歩いて十分ほどの距離にある。

麻莉奈は彼氏についてくわしく語らないが、たまにしか会えないといったから、べつの大学の学生か社会人かもしれない。もう下心は持てないと思いながらも、彼女といると気持が揺れ動くのが、われながら未練がましい。

きのう麻莉奈と大学で会ったとき、文庫本を持っていたから、なにを読んでいるのか訊いたら、宇野千代《うのちよ》と答えた。

「読むと元気がでるの。大正、昭和、平成まで活躍したすごい作家」

ナガイニフウの遊馬とちがって、かなりの読書家らしい。

きょう麻莉奈は休みで、温見がドリンクや小上がりの客を担当している。温見は甘い顔だちのせいか年配の女性客に人気がある。蒼太郎はそんな女性客から「あら、ぼくちゃん」とか「かわいいわね」とか冷やかされるので厨房《ちゆうぼう》がいい。

狐塚は早い時間から店にきて、妻とふたりで焼鳥の串打ちや仕込みをする。

「昔は女房が店を手伝ってたけど、いまは孫の面倒もみてるからね」

狐塚は六十一歳で、店をはじめて三十六年になるというが、バイトがはじめての蒼太郎からすれば、そんなに長く働けるのが信じられない。皿や小鉢《こばち》やグラスはいくら洗っても追いつかず、客たちは次々に注文を口にする。狐塚にそれを伝えて伝票に書くだけで必死なのに、

「おれ、いつものね」

はじめて会った客にそういわれたり、空《から》のグラスをさしだして、

「これ、おなじので」

という客もいる。「いつもの」はなんだかわからないし「おなじの」がなんなのかは伝票で確認するしかない。パニックになりかけつつ仕事をこなしていると、足りなくなった酒を酒屋が配達にきたから、勝手口から受けとった。厨房に

もどろうとしたとき、温見がそばにきて耳元でささやいた。

「あのひと、またきてる」

温見が指さすほうへ眼をやると、白いワンピースを着た髪の長い女がカウンターの奥にいた。歳は三十代なかばくらいで、痩せて頰骨《ほおぼね》が尖《とが》り眼つきが鋭い。

「最近ときどきくるんだけど、いつもひとりでほとんどしゃべらない。このへんに住んでるような感じじゃないし、気味が悪いんだ」

「長い髪で白い服って、幽霊のド定番じゃないですか」

「そうなんだよ。大将は店に迷惑かけるわけじゃないから、ちゃんと接客しろっていうけど」

オカ研に入ったせいではないだろうが、きのうの朝もマンションの入口で奇妙な女に会った。歳は四十代前半くらいで、満月のような丸顔だった。顔は大きいのに目鼻はちいさく、雨でもないのにレインコートを着ていた。住人だと思って会釈したら、女はこっちをまじまじと見つめて、

「あなたはいま人生について、いろいろ悩んでますね」

蒼太郎は驚きつつも講義に遅刻しそうだったから、いいえ、べつに、と答えた

が、なぜそんなことがわかったのか、いまだに不思議だった。

閉店の十二時まえになって、ようやく最後の客が帰った。温見とカウンターの椅子にかけてひと息ついていると、狐塚がまかないを作ってくれた。あまった鶏《とり》肉《にく》を使った焼鳥丼《やきとりどん》だが、めいっぱい働いた充実感と空腹のせいもあって、まかないとは思えないほど旨い。たちまち丼を空にして、今夜店にきた不気味な女のことを口にしたら、狐塚も素性《すじょう》は知らないといった。

「おまえさんはまだ慣れねえだろうが、いろんなお客がくる。いちいち詮索《せんさく》してたら、きりがねえぞ」

「気にしちゃだめってことですね」

「うん。ただ長年商売やってると、不思議なことはある。このお客がくるとひまになるとか、このお客がくると満席になるとか」

「貧乏神と福の神みたいな？」

「お客を選《よ》り好みしちゃいけねえが、たいていそうなるんだ。これはどこの店もそうだろうけど、忙しいときにかぎって、どんどん客がきて帰ってもらうはめになる。かと思ったら、きょうは忙しくなるぞって、たっぷり仕込みしたのに誰もこねえことがある」

「どうして、そんなに偏るんでしょうね」

「わかんねえな。夜の商売にゃ、妙な話がたくさんある」

「たとえば？」

「昔、知りあいの酒屋の男が、あるスナックに酒の配達をしてた。そのスナックは開店時間が遅かったから、酒屋は合鍵を預かってて、いつも営業まえにカウンターに酒を置いて帰るんだ。その日も夕方に店にいってドアを開けたら、なにか白いものが眼のまえをふわッと横切った。なんだろうって思ったら――」

年配の男がカウンターの椅子にかけていた。男はうつむきかげんでカウンターに肘《ひじ》をつき、酒を呑んでいるような格好だった。もう客がいたのかと思ったが、ドアには鍵がかかっていたし、自分より先に店に入れるはずがない。怖くなった酒屋はカウンターに酒を置くのも忘れて、外へ飛びだそうとした。とたんにドアが開いて悲鳴をあげたが、そこにいたのは顔見知りのおしぼり屋だった。

「どうした？　顔が真っ青だぞ」

おしぼり屋にそういわれて振りかえると、カウンターには誰もいなかった。

「酒屋は夜になって集金にいったとき、その店のママに男のことを話した。そうしたら、ママや女の子たちがその男の外見を熱心に訊いて、なんとかさんにちがいないっていう。なんとかさんって誰かと思ったら、酒屋が見た男は常連客で、まえの日に病院で亡くなったって――」

話そのものはさほど怖くなかったが、合鍵を預かっての配達とか、おしぼり屋にばったり会うとか、ディテールの細かさにリアリティを感じる。

「酒場は霊が集まるっていいますもんね」

と温見がいった。そうなんですか？　蒼太郎が訊くと狐塚はうなずいて、

「この店も、ときどき変なことがある。誰も触ってねえものが動いたり、水道の蛇口《じゃぐち》から急に水が流れたり、バイトの子が客の人数まちがって生ビールを一杯多くだしたり――」

バイトが長続きしないのは、そんなことがあるからなのか。

しかしまあ、うちなんかましなほうさ、と狐塚はいって、

「おれの高校の同級生が不動産屋を経営してるんだ。そこの自社物件に幽霊屋敷がある。渋谷から近いし家賃も安いのに、住人がすぐにでてって借り手がねえ。

自殺も何件かあったんで、近所じゃ心霊スポットっていわれてるらしい」

「その家は、どんな幽霊がでるんですか」

「そこまでは知らねえが、いままでの住人は全員見たってよ」

「麻莉奈ちゃんに聞いたけど、蒼太郎くんもオカルト研究会に入ってるんだろ。いってみなよ」

温見がそういうと狐塚は、興味があるなら紹介するよ、といった。

「同級生も原因を知りたがってるから。でも、なにかあっても責任は持てん」

四

キャンプ当日は、さわやかな快晴だった。

オカ研のメンバーは電車に乗ってJR高尾《たかお》駅へむかった。キャンプ場は高尾山《たかおさん》のふもとにあるから京王《けいおう》線の高尾山口《たかおさんぐち》駅のほうが近いが、ゴールデンウィークだけに観光客で混んでいるらしい。

「高尾山は登山者数が年間三百万人で、世界一っていわれてる。いまの時期や秋の紅葉シーズンは高尾山口駅は激混みする」

と万骨《ばんこつ》はいった。アウトドアが似わない雰囲気だが、やけにくわしい。JR高尾駅で電車をおりてしばらく歩き、昼すぎにキャンプ場に着いた。丸太を組んだバンガローのまえは広場になっており、木製のテーブルとベンチがある。六人はバンガローでリュックをおろすと、広場にでて休憩した。

四辻遊馬《よつじゆうま》は迷彩柄のTシャツとミリタリーパンツでサバゲーにでもいくような恰好《かっこう》だ。貴舟歌蓮《きふねかれん》はぴちぴちのタンクトップにショートパンツ、左手首には重ねづけしたパワーストーンのブレス。文月麻莉奈《ふづきまりな》はカジュアルなジャンパースカートで、横かぶりしたベースボールキャップがかわいい。万骨伊織《いおり》はこんなときでも黒ずくめの服装で、鯨岡心平《くじらおかしんぺい》もいつもどおり超絶的センスだが、きょうはTシャツの胸に「冬虫夏草」と筆文字がある。

「ここは穴場なんだよ。去年、鯨岡くんとふたりできたときもガラガラだった」

と万骨はいった。男ふたりでキャンプとは怪しいけれど、変人どうしだけにそれほど違和感がない。

キャンプ場は規模がちいさいせいか混んでおらず、近くのバンガローには家族連れがいるだけだった。遊馬がいったようなナンパはできそうもないが、東京とは思えないほど空気は澄んでいて、初夏を思わせる陽射《ひざ》しがまぶしい。冷えたジュースを飲みながら間近に迫る高尾山の新緑を眺めていると、キャンプにきてよかったと思った。

蒼太郎《そうたろう》は何日かまえ、宇野千代《うのちよ》のエッセイを読み、経歴をネットで調べた。宇野千代は美人のうえに肉食系女子の元祖というべき作家で、親に勧められて十四歳で結婚したが十日で家出し、夫の弟である高校生と同棲《どうせい》したのを皮切りに、作家の尾崎士郎《おざきしろう》や画家の東郷青児《とうごうせいじ》といった当時の有名人たちと浮名《うきな》を流し、四回の結婚と離婚を経験している。

ベンチにかけていた麻莉奈の隣に座り、宇野千代の経歴について話したら、

「めっちゃポジティブでしょ。なにがあっても、めげないところが好き」

「仕事の才能もすごいね。作家だけじゃなくて、編集者や着物のデザインや会社経営までやってる。明治三十年生まれだから、うちのひいばあちゃんより年上なのに」

「わたしも宇野千代みたいに強くなりたい。っていっても意志が弱いから、たぶ

ん無理だけど」

六人は近くを散策したり水辺で遊んだりして、夕方からバーベキューの準備をした。管理棟でレンタルしている鉄板や網を洗い、肉や野菜を切り、炭火を熾《おこ》し、ようやく準備が整ったころには陽が暮れていた。キャンプ場はあちこち街灯がともっているので、暗くなっても不自由はない。

みんなはタレを入れた紙皿と割箸《わりばし》を手にして、先を争うようにバーベキューをたいらげていく。鯨岡は大量のニンニクと一味唐辛子《いちみとうがらし》、どこかで買ってきたらしい瓶詰《びんづめ》の背脂《せあぶら》をタレに入れて、

「ニンニクマシマシ、アブラマシマシカラメ」

呪文のように唱えつつ、肉や野菜を頬《ほお》ばっている。蒼太郎がそれをぼんやり見ていると麻莉奈が紙皿に肉をとってくれて、

「もう焼けすぎちゃうよ。早く食べなきゃ」

彼女の心遣いに胸が高鳴ったが、その気になってはいけないと自分にいい聞かせた。歌蓮も気配りが細かく、肉や野菜が焼けるとみんなにとりわけている。歌

蓮はスナックを経営する母親と同居していて、ときどき店を手伝うという。

「だから、お客さばくの得意。ほんとはビール呑《の》みたいんだけど、大学では呑むなってママにいわれたから我慢してる」

おれだって我慢してる、と遊馬がいって、

「高二のとき、べろべろに酔って駅前の銅像に説教してたら、変なおっさんがにらみつけてくんのよ。なにガン飛ばしてんだってイキったら、それが担任で停学になったし」

「酒ていうたら御子神《みこがみ》先生やけど、きょうは来ィへんの」

「あとでいくかもしれんっていってたけど、たどり着けるかな」

と万骨がいった。蒼太郎《そうたろう》は高校三年のとき、両親の留守中に父のウイスキーをこっそり呑んでみたが、口から火がでそうになり顔がニホンザルみたいに赤くなったので懲《こ》りている。

バーベキューのあとバンガローにもどると、予想どおり怪談話になった。蒼太郎が狐屋にきた長い髪で白いワンピースの女のことを話したら、それは幽霊じゃないだろ、と万骨がいった。

「だと思いますけど、怖かったんで」

続いて狐塚に聞いた幽霊屋敷の話をすると、万骨は喜んで、

「事故物件のうえに、住人が全員幽霊を見たっていうのは珍しいね。ぜひ調査したいから、大将によろしくいっといて」

「怖いけど、いってみたい」

と麻莉奈がいった。事故物件ていうたら、と鯨岡がいって、

「歌舞伎町《かぶきちょう》に有名な呪《のろ》いのビルあるで。そっちは調べへんの」

そのテナントビルは、過去に自殺未遂も含めて七人の女性が飛びおりているという。興味はあるけどね、と万骨はいって、

「あのへんは、ほかのビルでも女性の飛びおりが多い。ホストクラブにはまったのが原因だっていわれてるから、超自然的な感じはしないな」

「飛びおりの原因は知らんけど、ようさん亡くなってんのやから、なんかあるんちゃう。歌舞伎町は上を見ながら歩かんとあぶないとか、ひとが落ちてくるさかいタクシーに乗るとかいうひともおるみたいやで」

「まあ機会があったら調べてみるよ」

あの、と麻莉奈がいって、

「このあいだ高校の同級生と電話でしゃべってて、オカ研のこと話したら、心霊現象を調べるなんて不謹慎じゃない？　っていわれました。ひとが亡くなったことを興味本位であつかうからって――」

なるほど。万骨はうなずいて、

「ぼくのひいばあちゃんは、よくこういってたらしい。昔は家族が多くて近所づきあいも盛んだったから、ひとの死はごく身近にあった。いまはほとんどのひとが病院で死ぬけど、昔は自宅で死ぬのがふつうだった。いまのひとたちは老いや死を悪いことみたいに考えるから、本人もまわりも苦しむって」

「歳をとるのは病気じゃないですよね」

「うん。ひとは生まれて死ぬのが自然なのに、そこから顔をそむける。ひとが亡くなったことを興味本位で語るのは不謹慎っていうのは、要するにタブー視してるわけだけど、じゃあ死について真剣に考えてるひとがどれだけいるかな」

「真剣に考えたって、わかんないと思う。生前に考えられるのは、お墓やお葬式の準備するとか、遺産の相続を進めるとか――」

「死はオカルトとおなじで理解できない。みんな、まだ死んだことがないからね。でも戦争や個人的な理由で殺人を犯すのは、死後の世界や霊魂を信じてないひとたちだ。人智を超えたものへの畏《おそ》れがないから、そんなことができる」

「人間は死んだら、それで終わりだと思ってる」

「たとえ死んだら終わりであっても、人智を超えたものへの畏れを持つことが、戦争や殺人といった直接的な暴力を防ぐために大事だと思う」

「人智を超えたものへの畏れって、畏敬《いけい》の念を持ちながら怖がるってこと？」

「そう。忌《い》み嫌うんじゃなくて、正しく怖がる。いくら科学が進歩しても人類がわかってることなんて、ほんの一部なんだから」

宇宙なんか、ぜんぜんわかんねえっすよ、と遊馬がいった。

「宇宙はビッグバンからはじまったっていうけど、そのまえなにがあったのって訊《き》きたい。宇宙は膨張《ぼうちょう》してるともいうけど、膨張してるんなら外側があるってことっしょ」

「ミクロの世界もわからへん。素粒子は点やさかい大きさも質量もないていうひとがおるけど、大きさも質量もないなら、なんぼ集まっても物質になれへんやろ。もし素粒子に大きさと質量があるんやったら分割できるから、もっとちっちゃいもんがあるはずやねん」

「すっごく硬くて分割できないとか」

歌蓮がそういうと鯨岡は笑って、

「硬いとかやわらかいとかいう問題とちゃうよ。どないなもんでも形があるなら分割できるわ」

宇宙は極大、素粒子は極小だね、と万骨はいって、

「古代ギリシャでは、自分の尻尾《しっぽ》を呑みこんでる蛇《へび》――ウロボロスの蛇でそれをあらわした。つまり極大と極小はつながってるって考え。ま、つながってるとしても理解できないけど」

そのとき、がたがた音をたててドアが開き、御子神が顔をだすと、

「ブラックホールも理解不能じゃ」

倒れこむようにしてバンガローに入ってきた。今夜もいままで呑んでいたらしく片手にカップ酒を持っている。ぼくらの話を聞いてたんですか、と万骨が訊いた。御子神は答えずに立ったままふらふらして、

「ブラックホールはその存在が確認されとるが、いままで発見されたなかでいちばん巨大なやつは太陽の四百億倍の質量を持ち、地球から七億光年のかなたにある。一光年は距離にして九兆五千億キロ。全宇宙のブラックホールは千兆の四万倍——四千京個あるちゅう話や。そんなもん想像できんわい」

「ていうか、先生はどうやってここまできたんですか」

「ミクロのほうも常人には理解できん。『量子もつれ』ちゅう状態になったふたつの量子は、何億光年離れておっても反応が同期する。量子から量子へなんらかの情報が伝わっておるとしか思えんが、そういうもんはないから光速も物理法則も超えてしまう。アインシュタインは、これを『不気味な遠隔作用』と呼んで敬遠したそうじゃ」

「量子もつれなんていうまえに、足がもつれてますよ」

御子神はへなへなと床に座り、カップ酒をぐびりと呑んだ。

「宇宙のこともわかりませんけど、先生のこともわかりません」

「わしもようわからん。駅からここにくるまで、道に迷うてタクシーで四千円もとられたぞ」

えーと、と万骨はいって、みんなを見まわすと、

「ちょうど宇宙の話になったし、そろそろ外にでようか」

「せやな。夜も更けてきたよってに」

外でなにするんですか。蒼太郎が訊いた。

「高尾山はな、UFOの目撃情報が多いねん」

「去年ここに鯨岡くんときたのも、UFOを見るためだった。そのときは見られなかったけど、今夜あたりどうかな」

万骨はリュックから双眼鏡をとりだして立ちあがった。

「わしはくたびれたから、ここにおるぞ。UFOがきたら呼んでくれ」

御子神は横になって肘枕《ひじまくら》をつき、ほかの六人はバンガローをでた。

みんなは広場のベンチに腰をおろすと、夜空を見あげた。雲のあいだに星がまたたいている。あたりはしんと静まりかえって、ときおり吹く風は草木と土の匂いがする。くだらないことをしている気もするが、空を眺めるなんて何年ぶりだろう。毎日スマホかパソコンばかり見ているだけに、たまにはこんな夜があって

もいい。麻莉奈が隣に座ってくれたから、性懲《しょうこ》りもなく気持が昂《たかぶ》る。

おれＵＦＯっぽいの見た、と遊馬がいった。

「二年くらいまえ、歌舞伎町の広場の上をふわふわ飛んで、ぴかぴか光ってた」

つーか、なんでそんなとこいたの。歌蓮が訊いた。

「もしかして元トー横キッズ？」

「ちげーよ。あのへんのゲーセンでＵＦＯキャッチャーしてただけ」

「そんでＵＦＯ見たの？　じわる、それ」

最近はドローンの見まちがいが多いね、と万骨がいった。

「あとは飛行機とか星とか車のライトとか」

「でも宇宙人って、ぜってーいるっしょ。さっき御子神先生がいったみたいに宇宙のスケールはむちゃくちゃでけえんだから、宇宙に人類しかいねえのは、かえって不自然っしょ」

「ぼくも宇宙に知的生命体はいると思う。ただＵＦＯはunidentified flying objectの略で未確認飛行物体という意味だから、宇宙人とイコールじゃないよ」

「宇宙人がおっても、地球には来ィへんて説があるな。ごっつい文明が進んでる宇宙人なら、わざわざ地球くる意味ないし、人類に毛が生えたくらいの連中なら、光速を超えられへんから距離的に無理やていわれとる」

「そのわりにＵＦＯの目撃情報は、あとを絶たない。二〇二二年五月にアメリカの下院情報委員会の公聴会で、米軍当局が未確認飛行物体の映像を五十六年ぶりに公開してる。国防総省の幹部はＵＦＯの解明に全力をあげてるけど、説明のつかない事象も多いと証言した」

ＵＦＯこないかな。麻莉奈がつぶやいた。蒼太郎がわけを訊くと、

「わたしを宇宙に連れてって、いろいろ教えてほしい」

街灯の明かりに浮かぶ彼女の横顔はどことなくさびしげで、なにか悩みがあるのかと思った。万骨はちらりとこっちを見てから話を続けた。

「アメリカの国防総省が二〇二一年に発表した報告書では、海軍のパイロットが二〇〇四年以降、百四十四件の未確認飛行物体を目撃したとされてる。海軍の情報公開局は未確認飛行物体の映像はあるが、国家安全保障上の理由から公開する予定はないといった。ＵＦＯの正体がなんであれ、それが実在するのはたしかだろうね」

やっべ、と遊馬がいって立ちあがり、

「ＵＦＯのことばっか考えてたら、カップ焼そば食いたくなった」

遊馬はバンガローに駆けもどった。みんなは笑ったが、それから十分も経《た》たないうちに、あッ、あれ見てッ。歌蓮が夜空を指さして叫んだ。

「あれ、ＵＦＯじゃね？」

そこには赤く点滅する光体があった。位置からして車のライトや民家の明かりではないし、星なら点滅しないだろう。みんなで騒いでいると、カップ焼そばと割箸を手にした遊馬がバンガローからでてきて夜空を見あげ、

「うお、マジか？　マジでＵＦＯ？」

万骨は双眼鏡を覗《のぞ》きながら、あれは飛行機じゃないな、といった。

「移動しないで空中に停《と》まってる」

歌蓮が万骨に双眼鏡を借り、すごいすごい、とつぶやき、

「おーいＵＦＯ、こっちきてー」

大声で叫んだ。麻莉奈と遊馬も双眼鏡を覗いてから、おーい、と叫び、光体にむかって手を振った。蒼太郎は興奮して夜空に浮かぶ赤い点滅を見つめた。あれ

が本物のＵＦＯなら大変だと思って、バンガローでうとうとしていた御子神を呼んできた。御子神は眠そうな顔で夜空を見あげて、大きなあくびをした。

鯨岡はスマホでなにかを調べてから、あれ飛行機ちゃう？　といった。

「いまフライトレーダー24ていうサイト見てんねん。このサイトは飛行中の民間航空機の現在位置をリアルタイムで表示するんやけど、いまこのへんをセスナみたいなのが飛んでるで」

鯨岡のスマホの画面を見ると、たしかにこの付近を飛行機のマークが移動している。万骨はそれを見ようとせず、夜空に視線をむけたまま、

「でも飛行機は停まったりしないだろ」

「角度の問題やろ。こっちにむかってるさかい、停まって見えるねん」

「それもありうる。だからといって飛行機とは断定できない」

「ひとまず疑ってかかる会長らしゅうないな。どないしたん」

「どうもしてない。ＵＦＯかどうか確認するために、ちゃんと見ようよ」

鯨岡はしぶしぶ顔をあげたが、まもなく光体は雲に隠れて見えなくなった。

「ほら、きみがよけいなことをいってるあいだに消えちゃった」

「変ないいがかりは、やめとくんなはれ。わいは飛行機ちゃいまっかて、いうただけやのに」

「それは、ぼくだってわかってる。ただ、みんなが盛りあがってるから、水をさしたくなかったんだ」

「そないいうたら、わいが悪者みたいでんがな」

「誰もそんなことといってないよ。でも否定するのは、あとだってできるだろ。ちょっと空気を読んでほしかっただけさ」

「わいが鈍いていうこと？　わいが鈍いていうこと？」

「そうはいってない」

「ほな無理強いせんでくださいや」

「無理強いなんてしてないけど、だいたい鯨岡くんは協調性がないよ」

　ぷぎーッ、と鯨岡は怒った豚のような声をあげ、

「会長かて、わいの意見聞かへんくせに」

　いがみあうふたりにあきれていたら、あたしが悪いのよ、と歌蓮がいった。

「てっきりＵＦＯだと思ったから、つい大声だして――」

「誰も悪くないよ」

蒼太郎は思わずそういった。

「やめましょうよ。こんなことで揉《も》めるの」

「そうだよそうだよ、ソースだよ」

と遊馬がいって焼そばをずるずる啜《すす》った。御子神がまたあくびをして、どこかで聞いたことがある台詞《せりふ》やの、とつぶやき、

「それにしても、実にバカげた議論じゃ。他人を自分に同調させようなどと望むのは、そもそもバカげた話だとゲーテもいうとる。孔子《こうし》は論語のなかで、君子《くんし》は和すれども同ぜず。小人は同ずれども和せず、というた」

「ゲーテのことばはだいたいわかりますけど、孔子のほうは——」

蒼太郎が訊いた。そのくらい自分で考えんか、と御子神はいって、

「しっかりした人間は他人との関係を円満に保つが、主体性は失わん。つまらぬ人間は無責任に同調するが、うわべだけで協調はできんという意味じゃ。きみたちもコロナ禍のとき、同調圧力がどういうもんか、身にしみてわかったやろが」

すみません、と万骨がいって、

「鯨岡くんはキレやすいのに、つい刺激してしまって――」

「わいも悪かったですわ。会長がディスるさかい、むきになってもうて」

仲なおりしたとは思えない台詞だが、ふたりはふだんの表情にもどっているから、もともとこういう関係なのか。話題はそれからコロナ禍のことになった。

「先生がいうとおり、同調圧力はすごかったですね。自粛警察、帰省警察、マスク警察なんてことばもあったし――」

と蒼太郎はいった。あったあった、と遊馬がいって、

「近所を見まわって営業してる店に文句いう奴《やつ》とか、他県ナンバーの車に、でていけって貼り紙する奴とか。うっかりマスクするの忘れて歩いてたら、にらまれたり飛びのかれたりして、めっちゃ気分悪かった」

「マスクしとってもウレタンやと厭《いや》な顔されたで。不織布やないとあかんて」

コロナに罹《かか》った有名人は、みんなあやまってたよね、と麻莉奈がいった。

「好きで罹ったわけじゃないのに」

「いま考えたら感染源かどうかわからない店や会社も、すごいバッシングされた。それで潰《つぶ》れたところもたくさんある」

と万骨がいった。うちのママも大変だった、と歌蓮がいって、

「あたしがちっちゃいころにパパが死んじゃったんで、ママはスナックはじめたんだけど、水商売なんか底辺だって親戚からバカにされた」

「ひどいね」

「コロナが流行《はや》りだして営業自粛で店を閉めたら、協力金や給付金でボロ儲《もう》けしただろ、ってまわりにいわれんの。店閉めても家賃とか従業員の給料はあるし、お客は離れていくから大変なのに。でもオミクロン株がめちゃくちゃ流行ってから、なにもいわれなくなったのが不思議」

「行動制限が緩和されるにつれて、同調圧力は減ったよね。それまでバッシングしてた連中も自分が罹ったらやばいと思ったんだろ」

と万骨がいった。わいもそう思う、と鯨岡がいって、

「そないな連中は知らん顔して、いまはべつのターゲットを叩《たた》いてるで」

「ひとをさんざん吊《つ》るしあげといて無責任だよな。誰かを叩けるときは同調して叩くけど、都合が悪くなるとすぐ逃げる。小人は同ずれども和せずって、そういうことですよね、先生」

万骨が訊くと御子神はうなずいて、

「正義中毒ということばもあったが、自分が正しいという思いこみは危険極まりない。自分が常に正しければ、反省がないから成長もない。ひとを許せる寛容さがないから残酷になる。すべての戦争は、いつも正義の名のもとに起こる」

戦時中の日本は同調圧力がすさまじく、すこしでも戦争に反対すると非国民の烙印《らくいん》を押されたと聞いている。コロナ禍での同調圧力も、日本にはまだそういう国民性が残っているからだろう。

蒼太郎はふたたび夜空を見あげた。宇宙の想像を絶するスケールにくらべたら、人間なんてちっぽけすぎる。いつもくよくよする自分の悩みなど、存在しないに等しい。そう思うと気が楽になるけれど、どうしても現実にひきもどされてしまう。麻莉奈が宇宙人にいろいろ教えてほしいといったのは、彼女もおなじようなことを考えたからなのか。

そう思って隣を見たら、いつのまにか麻莉奈はおらず、歌蓮がいた。

「さっきはサンキュー。かばってくれて、うれしかった」

歌蓮は笑顔で肩を寄せてきた。特に歌蓮をかばったつもりはなかったが、それをいうのも気がひけて、なんでもないよ、と蒼太郎はいった。

「ただ、みんな仲よくしてほしかっただけ」

「こんどさあ、ご飯食べにいこうよ」

ぴちぴちのタンクトップから覗く胸元から眼をそらして、うん、と答えた。あたりを見ると、みんなはバンガローにもどったらしく誰もいない。思わぬ展開にどきどきしていたら、遊馬がミリタリーパンツをたくしあげながら、こっちへ走ってきた。

「いまトイレで個室入ってたら、足元にでっかいムカデがいんの」

めっちゃびびったあ、と遊馬はいってから蒼太郎と歌蓮を交互に見て、

「なんだなんだ、このツーショットは。青春感《アオハル》ぱねえぞ」

「そ、そんなのじゃないよ」

うろたえて立ちあがった瞬間、うおわッ、と遊馬は叫んで蒼太郎の股間《こかん》を指さした。ぎょっとして下をむいたら、茶色い大きな蛾が翅《はね》を広げてとまっていた。

蒼太郎は自分でもびっくりするほどの悲鳴をあげ、あたりを跳ねまわった。

五

朝の教室は静かで心地いい。

一限目の講義まで三十分ほどあるから、まだ学生はすくなく、ノートにペンを走らせる音やキーボードを叩《たた》く音が響く。蒼太郎《そうたろう》は机で腕組みをしてノートパソコンの画面を見つめていた。きょう提出するレポートを書くつもりで早くから教室に入ったが、頭がぼんやりして作業が進まない。レポートの課題は一般教養の社会学概論で、講義の感想を書けという。

社会学を教えているのは渋智京弥《しぶちきょうや》という四十二歳の教授で、学生部長を兼ねている。渋智の講義は難解なうえに学生への態度も高圧的だが、整った顔だちで独身だから一部の女子に人気があるらしい。社会学の講義がむずかしいと万骨《ばんこつ》に愚痴《ぐち》をいったら、

「渋智には気をつけたほうがいいよ。ものすごくケチで、なかなか単位くれないから、陰でシブチンって呼ばれてる。でも気に入った女子には、個別に指導して

まで単位をやるらしい」

そんなに単位をくれないのならレポートは手を抜けないが、渋智に評価されるような感想を思いつかない。教室の窓から見える空に飛行機雲が浮かんでいる。

キャンプの夜に見た赤く点滅する光体は、UFOではなかったのか。

キャンプはそれなりに楽しかったけれど、あの大きな蛾《が》を思いだすと、いまだに身震いがする。蒼太郎が飛び跳ねても蛾は股間《こかん》から離れない。騒ぎを聞きつけてバンガローからでてきた鯨岡《くじらおか》は平気な顔で蛾を払いのけ、

「これはクスサンや。北海道でときどき大量発生してるで」

ほれ、といってスマホの画面をこっちにむけた。コンビニの窓一面に何十匹ものクスサンが張りついた画像を見せられたせいで、さらに恐怖がつのった。クスサンという名前からして人名のようで怖い。

翌朝キャンプ場をでるとき、万骨は大きく伸びをして、

「あーリフレッシュできた。来年もまた、みんなできたいね」

来年も？　と遊馬《ゆうま》がいって、

「おれたちはいいけど、会長は大丈夫なんすか。そろそろ単位とらないと、おや

じさんが怒るんじゃ――」

「とっくに怒り狂ってる。こんど留年したら勘当《かんどう》だってさ」

「それはまずいっすね。もし仕送りがなくなったら――」

「なくなっても、いまやってる家庭教師でなんとかなる」

「うちみたいな偏差値の大学で、家庭教師《カテキョー》のバイトあるんすか」

「会長の出身校は偏差値七十八やで」

鯨岡はそういって、超の字がつく進学校の名前を口にした。そんな高校をでているのに、なぜ冥國《めいこく》大学に入ったのか訊《き》いたが、万骨は答えなかった。

キャンプのあとのゴールデンウィークは部屋の片づけをしたくらいで、なにもできずに終わった。あれから半月近くが経《た》って、ひとり暮らしにはだいぶ慣れた。ただ深夜になると、あいかわらず隣の部屋から女がつぶやく声が聞こえてくるのが不気味だった。もしかして事故物件かと「大島《おおしま》てる」で検索すると、過去にはなにも起きていない。女の声は生身の人間だろう。人間だからといって安心はできないが。

勉強はともかく大学生活にも慣れてきて、入学当初のような不安は薄れてきた。そうなったのは歌蓮《かれん》と遊馬のおかげだ。ふたりとはキャンプをきっかけに親しくなって、しょっちゅう顔をあわせる。

歌蓮に誘われてファミレスにいったときは、デートしているみたいで緊張した。しかし彼女の態度はいつもどおりで、

「ファミるのひさしぶり。あー、なに食べよ。やっぱチーズインハンバーグしか勝たんくね？　あ、遊馬からラインきた。呼んでいいよね」

だめだともいえず、遊馬と三人で食事をした。

「ぼっち飯やだから、きちゃった。アツいとこ邪魔《じゃま》して悪いねー」

遊馬はまた冷やかしたが、歌蓮とはいまのところ恋愛に発展する気配はない。雰囲気からすれば、遊馬のほうが歌蓮と相性がいいように思える。が、遊馬も歌蓮も軽口ばかり叩いては、げらげら笑っている。ふたりの会話を聞いていると、これでいいのかと思いながらも気が楽になる。

麻莉奈《まりな》はくだらない話にはあまり参加しないが、バイトでも顔をあわせるから以前より気軽にしゃべれるようになった。宇野千代《うのちよ》のほかにどんな作家が好きなのか訊いたら、岡本《おかもと》かの子だという。「家霊」という短編集を勧められて読んで

みると、ずいぶん昔に書かれた小説なのに、味わい深くて新鮮な魅力がある。岡本かの子は、大阪万博の太陽の塔をデザインした芸術家、岡本太郎《たろう》の母でもある。

「人間の温かさと暗さをこんなに生き生き書けるなんて、とてつもない洞察力と文章力だと思う。でも九十八歳まで生きた宇野千代とちがって、岡本かの子は四十九歳で亡くなってるし、作家としてデビューしたのは晩年近くだから、すごく濃い人生だったんじゃないかな」

と麻莉奈はいった。事実、岡本かの子は自分の愛人と夫の三人で同居したり、べつの愛人と息子の太郎を加えた五人でヨーロッパへ旅行にいったり、破天荒《はてんこう》な生活を送っている。

でもさ、と蒼太郎はいって、

「写真見たら岡本かの子って、宇野千代みたいに美人じゃないよね」

「うん。女学校のころのあだ名はカエルだって。それなのに夫も愛人もみんなイケメンだから、よっぽど魅力があったんだと思う」

宇野千代といい岡本かの子といい、麻莉奈は自由奔放《じゆうほんぽう》な女性にあこがれているらしい。もっとも蒼太郎が知るかぎりでは、芥川龍之介《あくたがわりゅうのすけ》や太宰治《だざいおさむ》や坂口安吾《さかぐちあんご》も波乱に満ちた生涯を送っている。麻莉奈はそれらの作家の小説も読んでいて、

「創作活動と実生活はべつかもしれないけど、才能があるからふつうに生きられないのか、波瀾万丈《はらんばんじょう》の人生だからすぐれた小説が書けたのか、どっちなんだろ」

「どっちもあるんじゃない。ただ、みんなとおなじことしてちゃ、人間を見る目や斬新な発想は生まれない気がする」

「だね。まわりの意見なんか気にせずに、もっといろんなことやりたい」

麻莉奈は希望に満ちた表情でいった。それを思いだすと甘酸っぱいものがこみあげてくる。だめだだめだ。蒼太郎は胸のなかでひとりごちると、ノートパソコンの画面をにらんでレポートの続きを考えた。

とにかくなにか書こうとキーボードに手をかけたとき、きょうは早いね、と声がして麻莉奈が隣に座った。また集中力が途切れたものの内心喜んでいたら、

「このあいだいってたひと、ゆうべ狐屋《きつねや》にきたよ」

と麻莉奈がいった。このあいだいってたひととは、長い髪で白いワンピースの女だ。蒼太郎はゆうべバイトは休みだったが、あの女はまたあらわれたのか。

「あのひと──中一のとき、実家にきた女に似てる気がするの」

「夜中にチャイムを鳴らしたっていう──」

「うん。ゆうべ狐屋でその話をしたら、温見《ぬくみ》さんは気味悪がったけど、大将はちゃんと勘定払う幽霊はいねえだろって」

「こんど店にきたら、おれが話しかけてみようか」

「なんていうの」

「文月《ふづき》麻莉奈の実家にいったでしょう、って」

やめてそんなの。麻莉奈は眉をひそめて笑い、

「それより、あの家にいくんでしょ」

万骨に幽霊屋敷を調査したいと頼まれたので狐塚晋吉《きつねづかしんきち》に相談すると、いつ現地へいくかわかれば不動産会社に連絡をとるといった。オカ研メンバーのスケジュールを確認した結果、日曜の午後六時に決まった。当日は不動産会社の社員がその家の鍵を持ってくるという。

「なんだか大がかりになったけど、マジで幽霊でるかな」

「でたら価値観変わるかも」

と麻莉奈はいった。蒼太郎はうなずいてから首をかしげ、

「自分の価値観ってなんだろう。うまくいえないな」

「なんに価値を見いだすか——自分の物差しみたいなもんじゃない？」

「自分の物差しかあ。それが変わるってことは、ものの見かたや考えかたが変わるってことだよね」

「うん。わたしたちの価値観って、家族や学校やまわりのひとに与えられたものが多いと思う。オカルトに興味持つのは、それに反発したいのかも」

自分も似たようなことを考えたから、麻莉奈がいいたいことはよくわかる。が、どうせ価値観を変えるほどのことは起きないという醒《さ》めた思いもあった。


日曜の午後五時、オカ研のメンバー六人は古びた喫茶店に集合した。万骨がネットで見つけたという店で客はすくなく、このあと調査する幽霊屋敷から近い。

全員が顔をそろえると万骨が口を開いた。

「御子神《みこがみ》先生を誘ったけど、わしはいかんって断られた」

先生も怖いのかな、と麻莉奈がいった。

「いや、知りあいと昼酒らしいよ。ほんとよく呑《の》むよね」

万骨は頰《ほお》をゆるめてからメガネを中指で押しあげて、

「実は、きのう現地を下見したんだ。『大島てる』で検索したら、このへんの一戸建てで自殺が三回もあったのは一軒だけだから、すぐわかった。『大島てる』には三十年まえに女性が二階で首吊《つ》り、年数不明で男性が練炭《れんたん》自殺、九年ほどまえに女性が服毒自殺と投稿がある」

こっわ、と歌蓮がいって、

「思いっきり事故物件じゃん」

「幽霊の動画撮れそう。真夜中にいったほうがいいんじゃないすか」

遊馬がそういうと万骨は、肝《きも》試しじゃないんだよ、と苦笑して、

「近所を歩いてたおばあちゃんに聞いたら、昔は『みなかみさんの家』って呼ばれてたらしい」

「みなかみさんってひとが住んでたんですか」

蒼太郎が訊いた。わからない、と万骨はいって、

「心霊スポットにはよくあるんだ。なになにさんの家っていうのが」

「家はどんな雰囲気でした？」

「ふつうの家さ。建物はかなり古いけど、ぱっと見に怖い感じはしない」

「二回目と三回目に自殺したひとは、その家が事故物件だと知ってて住んだんでしょうか」

「たぶん知らなかったと思う。告知義務のある期間はすぎてるし、当時はいまほど『大島てる』の認知度は高くなかったから。あとで近所のひとに教わった可能性はあるけどね」

三回も自殺があったら、と歌蓮がいって、

「偶然とは思えないし、会長が集めてる怪談に使えるんじゃね」

「自殺が続くのは不気味だけど、それだけじゃ怪談とはいえない」

「でも新歓コンパのとき、会長が話してくれた九州のマンションは自殺があったの二回っすよ」

と遊馬がいった。万骨は続けて、

「あの話で不可解なのは、第一に四〇二号室の住人が三〇二号室で自殺があったのを承知で購入したこと。第二に上下の部屋を勝手に階段でつなぎ、自分も自殺したこと。その理由がわからないから怖いんだ」

　自殺ていうたら大阪でやばい事件あったで、と鯨岡がいった。

「一九九二年の四月から七月にかけて、七人の若者が次々に変死したんや。ひとり目は十七歳でシンナー吸うて溺死《できし》。ふたり目も十七歳でシンナー吸うて心不全。三人目も十七歳やけど、こんどは首吊り、四人目と五人目は十八歳で首吊り、六人目は二十二歳で首吊り。七人目は十九歳の女の子で、ナイフを自分の胸に刺して失血死。遺体が見つかったんは半径一・二キロのあいだで、毎週水曜か木曜にひとりずつ変死してるねん」

「そんなの偶然じゃないでしょう」

　と麻莉奈がいった。なんぼか不審な点はあるけどな、と鯨岡はいって、

「警察は事件性がないと判断したさかい、真相は謎のままや」

「偶然で思いだしたけど、一九八五年八月に日本航空一二三便が群馬県多野郡《たのぐん》上野村《うえのむら》の御巣鷹山《おすたかやま》に墜落し、五百二十名の犠牲者をだしたのは知ってるよね」

　万骨がそういうと、みんなはうなずいた。

「このとき一二三便に、日航の機内誌『ウインズ』八五年九月号があった。それ

には全国四十七都道府県から毎月ひとりを取材する企画があり、上野村村長のインタビュー記事が顔写真入りで掲載されていた。事故のあと、遺族に配慮して九月号は回収されたらしい」

「事故のまえに、墜落現場の村長の記事が載るなんて、ありえない偶然ですよね」

「村長への取材がおこなわれたのは、事故の二か月まえの六月だった。でも、それだけじゃないんだ。村長はその年のはじめに村の占い師から、こういわれたそうだ。今年は、あなたが世界中から注目されるような出来事が起きるって」

「一二三便の事故は、いまも原因の再調査が求められてんな」

と鯨岡がいった。いろいろと謎が多い事件だからね、と万骨はいって、

「ありえない偶然を、もうひとつだけ。二〇〇三年二月に鹿児島県の国道で、五十代の男性が飼っていた犬の『チビ』が車に撥《は》ねられた。男性が動かなくなった『チビ』を抱きかかえたとき、軽ワゴン車に撥ねられて男性も亡くなった。五年まえの一九九八年十一月、男性の母親が墓参りにいく途中、まったくおなじ場所で車に撥ねられて亡くなっている。その一週間後に『チビ』といっしょに飼って

いた『ラブ』という犬も、またおなじ場所で車に撥ねられて死んだ。現場は見通しのいい片側一車線だった」

「偶然もそこまでいくと怖すぎます。なにか意味があるのかな」

「スイスの精神科医で世界的な心理学者だったユングは、意味のある偶然の一致をシンクロニシティと呼んだ。噂《うわさ》をすれば影とか、虫の知らせとか、シンクロニシティは日常にたくさんある。そこからどんな意味を読みとるのかが、むずかしいけどね」

「わいはそないに偶然は気にせえへんな。わいらがいまここに集まってるのかて、確率でいうたら天文学的な数字やろ。部分的に切りとって考えるさかい、不思議に見えるねん。分母が無限やったら、どないありえへんことでも起こるわ」

　無限の猿定理だね、と万骨がいった。

「猿がタイプライターをでたらめに打って、シェイクスピアの全作品を書く。ありえない確率だけど、猿が無限にタイプライターを打つことが可能なら、いつかは偶然に全作品を書きあげる」

「つーことは無限に親ガチャひけたら、超イケメンで超頭よくて超金持の家に生まれても不思議ないってことっしょ。異世界に転生して無敵チートみたいな」

「遊馬が猿に生まれ変わるほうが、何万倍も確率高くね？」

「なら、おれタイプライター打つわ。んでシェイクスピア書いて――」

万骨が腕時計に眼をやって、じゃ、そろそろいこうか、といった。


夕陽に赤く染まった通りを歩き、みなかみさんの家に着いた。木造瓦葺《かわらぶ》きの二階建て家屋で、ブロック塀に売物件の看板がある。築年数はかなり古そうで白い外壁はくすんでいるが、万骨がいったようにふつうの印象だった。家のむこうは首都高の高架で、隣に金属部品の工場がある。

家のまえに「株式会社 常石《つねいし》不動産」と社名が記された車が停《と》まっていて、スーツにネクタイ姿の男がおりてきた。三十代なかばくらいの男はこっちを見て、

「冥國大の学生さん？」

はい、とみんなが答えると、男は社長に命じられてきたといい、

「この家が見たいんだよね。ぼくはここで待ってるから、ご自由にどうぞ」

家の鍵をさしだした。万骨はそれを受けとって、

「いっしょにきていただけませんか。ぼくらでは間取りがわからないので」

「悪いけど、入りたくないんだ」

男は不快そうな表情でいった。

「近所では、みなかみさんの家って呼ばれてるみたいですが、以前住んでいたのがみなかみさんというかたなんでしょうか」

「さあ——よくわからない」

男によると、この家は最後の住人が退去してから入居者がなく、会社は相場よりはるかに安い価格で売りにだしているが、買い手がつかないという。

やっぱ幽霊でるんですか？　遊馬が訊いた。

「ぼくは見てない。でも、その家に入ったら気分が悪くなる」

不動産会社の社員がそういうだけに緊張が高まった。

コンクリートの門柱に表札はなく、錆《さ》びついた門扉《もんぴ》を開けると耳障りな音がした。せまい庭に雑草が伸びており、玄関のドアは木製だった。万骨が鍵を開け、六人は家のなかに入った。室内は真っ暗だからスマホのライトで照明のスイッチを見つけ、明かりをつけた。ずっと換気をしていないようで空気が重くよどみ、

カビの臭いがする。万骨が玄関の正面にある階段を指さして、

「まず最初の自殺があった二階から見てみよう」

二階も真っ暗で雨戸《あまど》が閉まっていた。照明をつけるとそこは洋間で、フローリングの床が窓際のあたりだけ新しい。亡くなった女性は窓のカーテンレールか、その横にあるエアコンにロープをかけて首を吊ったのだろう。

「床を替える必要があったのは、それだけ発見が遅かったってことだね」

と万骨がいった。そういえば、彼の部屋の畳も鴨居《かもい》の下だけ色がちがった。家の裏手にあたる窓と雨戸を開けたらバルコニーがあり、すぐそばに緑の木々が植わった公園が見える。

続いて一階におりてキッチンを覗《のぞ》いた。キッチンには昔のホームドラマにでてくるような流し台があり、空の冷蔵庫と勝手口があった。洗面所の洗面台もデザインが古めかしく鏡が曇っている。トイレはタイル貼りで、水洗タンクの水が流れるところにプラスチックの造花があった。すりガラスの引戸《ひきど》がついた浴室は浴《よく》槽《そう》だけが新しいから、練炭自殺があったのはここだろう。

遊馬はスマホで動画を撮りながら、

「さっきからオーブっぽいのが飛んでる」

とつぶやいた。埃《ほこり》やろ、と鯨岡がいって、

「鼻がむずむずするさかい、アレルギーでそうや」

「たしかに。ここ空気悪い」

と麻莉奈がいった。顔をしかめて片手で鼻と口を押さえている。歌蓮はスマホを見ながら及び腰で歩き、空気だけじゃないよ、といった。

「いまコンパスアプリで方位見てるんだけど、玄関とトイレとお風呂場が北東になってる。玄関と水まわりが北東にあるのは最悪の鬼門《きもん》だって」

鬼門って風水みたいなの？　麻莉奈が訊いた。

「そう、ママから教わった。鬼門は悪い気が集まるから鬼が出入りするって」

鬼門は理にかなってる、と万骨がいった。

「北東は陽あたりが悪くて、湿気が溜《た》まりやすいんだ」

リビングは照明をつけても薄暗く、まえの住人のものらしいテーブルとソファが埃をかぶっている。かつては、ここで家族の団欒《だんらん》があったのかと思うと切なかった。リビングの隣は床の間がある和室で、紐《ひも》がついた丸い蛍光灯が天井からさがっていた。ここも畳が部分的に新しいので、服毒自殺の現場と思われた。万骨と鯨岡は押入れのなかまで覗いている。和室の奥に引戸があったが、建てつけが悪いのか開かない。

もうやめようよ、と歌蓮がいった。

「そこ開けないほうがいいんじゃね？」

「まだなんにも撮れてねえし。ぜんぶ見てみようぜ」

遊馬は引戸にスマホのカメラをむけている。万骨と鯨岡がふたりがかりで引戸《ひきど》をひっぱると、がたがた鳴ってから勢いよく開いた。同時に、ひやりとした空気が流れてきて両腕に鳥肌が立った。

「なにこれ？　寒い」

「ほかの部屋と空気がちがう」

歌蓮と麻莉奈が口々にいった。照明のスイッチを押すと引戸のむこうはせまい和室で、蛍光灯がちりちり音をたてて点滅した。壁になにかを収納していたような空間がある。万骨はそれを指さして、仏壇を置いてたんだね、といった。

ここは仏間だとわかって怖くなった。空気は冷たいのに、べたべたと皮膚《ひふ》に粘《ねば》りつくような湿気がある。いっそ逃げだしたかったが、みんなの眼があるだけに我慢するしかない。蒼太郎は怖さをまぎらわせようと深呼吸して、

「こんなとこ、ひとりできたくないよね」

どうでもいいことをつぶやいた瞬間、ばらばらッ、となにかが弾けるような音がして歌蓮が悲鳴をあげた。畳に数珠《じゅず》のような球がたくさん散らばっている。遊馬が畳にスマホをむけて、ガチやべえ、といった。歌蓮がいつもつけているパワーストーンのブレスがちぎれたとわかって背筋が冷たくなった。

「こういう場所ではよくある現象らしいけど、はじめて見たな」

と万骨がいった。麻莉奈は立ちすくみ、鯨岡はあたりを見まわしている。歌蓮は腰をかがめ、震える指でパワーストーンを拾い集めた。みんなはそれを手伝ったが、あたし、もう無理ッ、と歌蓮は叫んで玄関のほうへ駆けだした。

六

冥國《めいこく》大学は小高い丘の上にある。蒼太郎《そうたろう》はなだらかな勾配《こうばい》の坂道を、のろのろ

とのぼった。薄曇りの空を見あげつつ歩いていると、キャンパスにむかう学生たちが次々に追い抜いていく。

月曜の朝はいつも頭が重い。日曜に遊んだ疲れが抜けないのと、一限目に渋智《しぶち》京弥《きょうや》の社会学の講義があるせいで欠席したい誘惑に駆られる。

特にきのうはみなかみさんの家にいっただけに、いつにもましてくたびれた。歌蓮《かれん》がみなかみさんの家を飛びだしてから、みんなは心配してあとを追い、調査はそこで終了になった。歌蓮は道路にしゃがんでおびえており、不動産会社の男は車のなかで待っていた。男は万骨《ばんこつ》から鍵を受けとって、

「どうだった？」

「仏間の空気が、ほかとちがいましたね」

「そうだろう。あの部屋はやっぱりおかしい」

男は顔をしかめると急いで去っていった。歌蓮はやがて落ちついたが、帰りの電車のなかで麻莉奈《まりな》が気分が悪いといいだした。なにかあったのか訊《き》くと、

「仏間に入ったとき、誰かにじっと見られてる気がしたの。それから急に肩が重くなって――」

駅をでたあと、麻莉奈は左肩を手で揉《も》みながら帰っていった。

ゆうべは遅くまで眠れず、ひやりとして粘《ねば》っこい仏間の空気を思いだすたび、背筋がぞくぞくした。あれは先入観や錯覚がもたらしたものではない。自分だけでなく、あの場にいた全員が仏間で違和感をおぼえている。不動産会社の男も、あの部屋はやっぱりおかしいといった。歌蓮のブレスがちぎれたのが偶然だったにせよ、そんな偶然が起きるのが怖い。みなかみさんの家には、得体のしれないなにかがあるように思えた。


蒼太郎はＩＣチップを内蔵した学生証をカードリーダーにかざし、遅刻ぎりぎりで教室に入った。いつも先にきているはずの麻莉奈が見あたらない。心配だからラインを送ったが、返信はない。

まもなく渋智京弥があらわれて講義がはじまった。高級そうなスーツに身を包み、自信に満ちた顔つきだ。渋智は気どったしぐさでホワイトボードにマーカーを走らせて、

「前回も話したとおり、エミール・デュルケームは方法論的集団主義の立場であ

り、マックス・ウェーバーは方法論的個人主義である。デュルケームの社会実在論、ウェーバーの社会唯名論もしくは社会名目論の対立構造は――」

講義の途中で、遊馬《ゆうま》と歌蓮が相次いで教室に入ってきた。遊馬は寝起きのゾンビみたいな足どりで、歌蓮も疲れた表情だ。ゆうべのことが尾をひいているらしい。麻莉奈からようやくラインがきて、きょうは体調が悪いから休むと書いてあった。

太ももをつねりながら眠気に耐えていると、長く退屈な講義がようやく終わった。いつものことながら休み時間になったとたん、眠気が覚めるのが不思議だ。

背中を反らして大きく伸びをしたら、渋智が声をあげた。

「いまからいう三人はこっちにきて。貴舟《きふね》歌蓮、多聞《たもん》蒼太郎、四辻《よつじ》遊馬」

三人が教卓のまえに集まると、渋智は歌蓮と遊馬にむかって、

「ふたりは遅刻の常習だし、もう単位はあきらめてるんだろ。無理して講義にでないで欠席したほうがいい」

ふたりはかぶりを振ったが、渋智は無視して蒼太郎に眼をむけると、

「きみのレポートは、ぜんぜんだめだ」

「――すみません。どこがぜんぜんだめなんでしょうか」

「それがわからないから、だめなんだ。次もこんな調子だと単位はないよ。ところで文月《ふづき》麻莉奈くんはどうした」

「体調が悪いそうです」

「聞くところじゃ、きみたちはオカルト研究会なんてバカげたサークルに入ってるんだって？」

蒼太郎がうなずくと渋智は溜息《ためいき》をついて、

「ぼくが学生部長をしてる学生部は学生の生活支援をおこなってるが、それ以外に学内の規律や秩序を維持する役目もある。その点でいうとオカルト研究会は好ましくないね。心霊現象だの超能力だのＵＦＯだの、あるはずのないものを研究するのは非科学的だし時間のむだだ。そのうえ学生たちに悪影響をおよぼす」

「悪影響といいますと――」

「怪しげな宗教や占いやヒーリングなんかにはまって、金をつぎこんだり、ひとをだましたりするようになる」

「オカ研はそんなことやってません」

「いまはやってなくても、いずれそうなる」

「会長の万骨《ばんこつ》さんはオカルト的なものを安易に肯定しないし、むしろ懐疑的です。顧問の御子神《みこがみ》先生もそういう感じですけど――」

「万骨は札《ふだ》付きの学生だ。御子神先生も非常勤のくせに講義が適当だし、単位認定が甘すぎるから教授会で問題になってる。あんな連中とつきあってたら、卒業できなくなるぞ。オカルト研究会がなにか問題を起こしたら、ただちに活動停止の処分を科す」

オカ研は非公認のサークルっすよ、と遊馬がいった。

「大学にはなにも援助してもらってないから、関係ないんじゃ――」

「関係あるよ。学生にデマを吹きこんでるんだから」

「どうしてデマっていいきれるの」

歌蓮が訊いた。渋智は鼻で嗤《わら》って、デマはデマさ、といった。

「文月くんにも伝えておいてくれ。貴重な学生生活をバカげたサークルで棒に振らないようにって」

渋智が去ったあと歌蓮は細い眉をひそめて、あいつバッカじゃね、といった。

「みなかみさんの家でゆうべ怖い思いしたから体調悪かったけど、むかついたせいで治った」

「渋智のあだ名はシブチンらしいよ。すごくケチで単位くれないから」

と蒼太郎がいった。シブチン、と遊馬が笑って、

「マジでドケチだよな。ひとの意見聞くのもケチりやがって」

「あいつ、ぜったい麻莉奈に気があるよ。講義のとき、あたしなんかガン無視なのに麻莉奈を見る眼つきがちがうもん」

「会長に聞いたけど、シブチンは気に入った女子には単位をやるって」

「やっぱそうなんだ。あいつのクソ単位なんか、いらねえっつーの」

「オカルト全否定も頭にくる。シブチンの野郎、オカ研活動停止にしやがったら、みなかみさんの家に閉じこめてやんよ」

　その夜、蒼太郎は狐屋《きつねや》へバイトにいった。麻莉奈はもともと休みで、温見良《ぬくみよし》和《かず》といっしょの勤務である。客が途切れたときに、みなかみさんの家でのことを話したら、狐塚晋吉《きつねづかしんきち》は腕組みをして、そうか、玄関と水まわりが鬼門《きもん》だった

か、とつぶやいた。

「そのうえ三人も自殺したとなりゃ、誰だって住みたくねえやな」

「鬼門って、悪い気が集まるんですか」

「そういわれてる。この店はじめるときは方位を調べたな」

狐塚は店の奥にある神棚に眼をやって、

「神さまだって、ちゃんと祀《まつ》ってある。いまの若いひとは迷信だって思うだろうが、こういうこたあ理屈じゃねえんだ」

「理屈じゃない?」

「昔のひとは科学なんてわからねえけど、ご先祖さまの言い伝えや自分たちの経験から縁起《えんぎ》を担いだのさ。理屈じゃ説明できなくても、悪い偶然が続くようなところは近寄らねえにかぎる」

シンクロニシティだ。蒼太郎は胸のなかでつぶやいて、

「パワーストーンのブレスが切れたのは、縁起が悪いんでしょうか」

「ブレスのこたあ知らねえが、通夜や葬式で数珠《じゅず》が切れるのは、仏さまが悪縁から守ってくれたからだって聞いたぞ。ほかの子は大丈夫かい」

「麻莉奈は調子悪いみたいです。ゆうべ肩が重いっていってて、きょうは大学休んだし」

なにかが憑《つ》くと肩が重くなるっていうね、と温見がいった。

「どこかでお祓《はら》いしてもらったほうがいいんじゃない」

「お祓い？」

「うん。ぼくはそういうの信じてないけど、大将がいうように理屈じゃ割り切れないこともあるから」

客がきたので会話はそこで途切れたが、麻莉奈にはなにかが憑いているのか。悪い偶然が続くところに足を踏み入れた自分にも、不吉なことが起きそうで心細くなった。


教室の窓から明るい陽光が射している。文芸創作の講義は午後からのせいか、歌蓮と遊馬はほとんど遅刻しない。御子神兵吾《ひょうご》はいつものように教卓に頬杖《ほおづえ》をつき、しゃがれた声で訊いた。

「文章が上達する秘訣《ひけつ》は、まえにもいうたとおり、よく読んでよく書くことじや。きみらのなかで、毎日それを実践しとる者はおるか」

みんな反応がない。と思ったら歌蓮が手をあげた。

「読んだり書いたりはしてます。ラインとかインスタとか」

「SNSは個人的なやりとりやろ。わしがいうとるのは文芸じゃ。たとえばきみは、小説を書いたことがあるか」

「書いてみたいけど、なに書いたらいいか思いつかなくて――」

「書きたいことを思いつかんのは、視野がせまいからじゃ。自分の立ち位置を変えれば、ちがった世界が見えてくる」

御子神は大儀そうに立ちあがると、ホワイトボードにマーカーで木を何本も描いて、これは森じゃ、といった。

「きみらは、ひとりでぽつんと深い森のなかにおる。まわりを見ても木があるだけで、自分がどこにおるんか、どこに道があるんかもわからん。適当に歩いておったら遭難するやろう。しかし近くに見える山をのぼっていけば――」

御子神はそういいながら森に続く山を描いた。

「頂上へ近づくにつれ、まわりの景色が見えてくる。ああ、ここに道があったんか。おや、べつの道もあったんやな、と気づく。そして、もっと高い山が遠くに見える。しんどい思いをしてでも山にのぼったから視野が広がり、新たな世界を知ることができた。この山が知識と経験じゃ」

歌蓮はぎごちなくうなずいた。御子神は続けて、

「山にのぼるのがしんどいからちゅうて、いつまで経《た》っても森のなかをうろついとる奴は、なんの発見もないし、誰かにこれを伝えたいという思いも湧いてこん。知識と経験がないから書きたいことがない」

先生、と遊馬が手をあげて、

「森の木や地面をガン見しても、なにか発見があるんじゃないすか。こんな葉っぱが落ちてたとか、こんな虫がいたとか――」

「森をでなくていいなら、その選択肢もある。きみはそうしたまえ」

学生たちは笑ったが、中学高校と身を入れて勉強せず、山にのぼるのを避けてきた蒼太郎には耳が痛かった。麻莉奈もおなじことを考えたらしく、講義のあとでいった。

「大学受験のとき、思ったんだよね。ちゃんと勉強すればよかったたって」

「もっといい大学に入りたかったってこと?」

「大学っていうより、まわりがぜんぜん見えてなかったの。いまも見えてないんだけど、自分がなにをしたいのか知るために、いろんな勉強をしたかった」

「おれもそうだよ。学校じゃ、みんなとおなじようにしてればいいって感じで、ずっと受け身だった」

「自分なりの発見をするには、山にのぼって視野を広げるしかないよね」

「その山が、まだ見えてないんだよ」

いえてる、と麻莉奈は笑った。彼女は一日休んだだけで翌日から大学にきたが、みなかみさんの家にいってから四日も経つのに、まだ肩が重いという。

「それだけじゃないの。ゆうべ夜中にチャイムが鳴ったから、誰だろうと思ってインターホンの画面を見たら、なにも映ってなくて――」

麻莉奈が住んでいるマンションの共用玄関はオートロックなので、住人がロックを解除しないかぎり部外者は入ってこられない。時刻は午前二時すぎだった。

「いたずらだろうと思ったけど、けさ玄関のドア開けたら、うちのまえだけ廊下がぐっしょり濡《ぬ》れてたの」

「それって麻莉奈が中一のとき、実家にきた女みたいじゃん」

「でしょう。だから気味が悪いの」

麻莉奈は顔を曇らせた。蒼太郎は彼女を怖がらせたくなくて、

「でもチャイム鳴らしたのは女とはかぎらないよ。通行人のいたずらかもしれない。廊下が濡れてたのは、住人の誰かが水をこぼしたとか――」

「そうよね。わたし考えすぎかも」

麻莉奈はそういったが、まだ表情は沈んでいる。温見がいったように、お祓いにいくべきなのか。きょうは夕方からオカ研の定例会があるので、そこで話してみようと思った。

オカ研の定例会は万骨の部屋ではなく、空いている小教室でおこなわれた。机をむかいあわせにならべて、六人は椅子にかけた。

「うちはいま資料で散らかっててね。足の踏み場もないんだ」

と万骨がいった。むかいの席にいる遊馬はにやにやして、実は彼女でも泊まってんじゃね、と小声でいって隣の歌蓮に肘《ひじ》でこづかれた。御子神がのっそり入っ

てくると、教室の隅の机についた。学生のレポートらしい紙を机に積みあげ、赤ペンを入れはじめた。

きょうの定例会は、みなかみさんの家の話題からはじまった。あの家で感じたことをそれぞれ語った結果、自殺があった部屋よりも仏間が異様だったという点で意見が一致した。そのあと遊馬が撮った動画をノートパソコンで観《み》ると、オーブか埃《ほこり》かわからないものが映っていたが、ほかに怪しいものはなかった。とはいえ仏間が画面に映ったときは、冷たく湿った空気が肌に蘇《よみがえ》ってぞっとした。

超自然的なものとはかぎらないけど、と万骨はいって、

「あの仏間には、なにかある。近いうちにまた調査したいね」

「マジで？　あたしはもういきたくない」

と歌蓮がいった。なんでだよ。遊馬が訊いた。

「こんどこそ、バシッと幽霊撮りてえのに」

「やだ。あの家にいると、とり憑かれたみたいに頭がおかしくなる。自殺した三人もそうなったんだと思う」

「わたしもまだ肩が重いし、うちで変なことがあった」

麻莉奈は深夜のチャイムと廊下が濡れていたことを話した。

「やばいじゃん。連れてきたのかもよ」

歌蓮が肩をすくめた。もしそうだったら、と蒼太郎はいって、

「お祓いとかしたほうがいいのかな」

「気になるならね。怪しげなお祓いや除霊だって、それを信じていれば効果はある。偽《にせ》の薬を与えても病気が治るプラセボ効果とおなじだよ」

と万骨がいった。でも、と麻莉奈はいって、

「お祓いするよりも真相を知りたいんです。あの家に、ほんとうになにかいるのかどうか自分の眼で確かめたい」

「価値観が変わるような体験したいから？」

蒼太郎が訊いた。麻莉奈はすこし考えてから、

「うん。せっかくオカ研に入ったのに、怖がってるだけじゃ研究にならないし」

オカルトいうのはなあ、と鯨岡《くじらおか》がいった。

「霊にしろＵＦＯにしろ、見え隠れするもんやで。ちらっとあらわれたと思うたら、すぐ消えてまう。せやから、いまだに決定的な証拠が見つからん」

「量子に似てる。観測しようとすると状態が変わるから」

ですよね先生、と万骨がいった。御子神は赤ペンを動かしながら、むにゃむにゃと生返事をした。みなかみさん、と鯨岡がつぶやき、

「御子神さんと発音が似てまんな」

とたんに御子神が顔をあげて、くだらんことをいうな、といった。

「ところで、お祓いとプラセボ効果の話がでたが、それと反対に無害なものを毒薬として与えると、軀《からだ》に有害な影響をおよぼすノセボ効果もある。一九七〇年代にラオスの山岳地帯に住むモン族の難民たちがカリフォルニアに移住した。モン族は、悪夢を見たときは悪魔祓いの儀式をおこなわんと死んでしまうという信仰を持っておった。しかしカリフォルニアではそんな儀式ができんせいで、七〇年代から八〇年代にかけて、モン族の若者二百人が原因不明の突然死を遂げた。モン族はその後アメリカの生活習慣になじんでいき、悪魔祓いの儀式もすたれた。すると突然死もなくなった」

「突然死の原因は、その部族の信仰でんな」

「プラセボ効果もノセボ効果も、人間の思いこみが精神と肉体に影響をおよぼす

ことを示しとる。霊がおるとかおらんとかはべつにして、自分がとり憑かれたと思うたら体調を崩したり幻覚を見たりする」

呪《のろ》いもそうですよねと万骨がいった。

「呪いは、相手に呪いをかけたと伝えることで効果を発揮する」

「ひとを呪わば穴ふたつというように、呪うた側も相手の報復を恐れたり、自責の念に駆られたりすれば、ノセボ効果で死ぬこともある。病気に関しても、病《やまい》は気からというとおり、思いこみが体調に影響する。たとえばコロナワクチンの副反応の一部はワクチンではなく、副反応を恐れるノセボ効果によって症状があらわれたという説がある」

あー、そのせいかあ、と遊馬がいって、

「うちのおふくろ、ワクチンすげえ怖がってたから副反応ひどくて、三日くらい寝こんでた。二回目からは平気になったけど」

「安心したせいやろ。わいもネットのワクチン陰謀論が気になっとったさかい、一回目の副反応はしんどかったわ」

「コロナワクチンについては陰謀論もあったが、最近は後遺症も問題になっておるから、一概にノセボ効果とはいえんがの」

「でも思いこみの力がそれだけすごいってことは、自分は運が悪いって思えば運が悪くなって、自分は運がいいって思えば運がよくなるってこと?」

歌蓮が誰にともなく訊いた。そのとおり、と万骨がいって、

「自己暗示の力で自分は変えられる。一時期話題になった引き寄せの法則も、思いこみによるところが大きいと思う」

「じゃあ、おれはぜってー成功する。自分すげーって思いこんでるから」

ところがの、と御子神がいって、

「そういう私利私欲がからんだ思いこみは、往々《おうおう》にしてうまくいかん。極端な例をあげると、ストーカーの多くは相手が自分に好意を持っとると思いこむが、そんな妄想《もうそう》が成就《じようじゆ》することはない」

麻莉奈がなぜか眉をひそめた。御子神は続けて、

「宗教の熱狂的な信者も、自分の信仰はぜったい正しいと思いこんどるが、はたから見れば悲惨《ひさん》な状況に陥《おちい》ることも珍しくない。もっとも本人は、それでも幸せだというかもしれんが」

宗教っていえば、と歌蓮がいった。

「シブチン、いや渋智先生が――」

「シブチンでよか。あいつがなんていうた」

「オカルトは怪しげな宗教なんかにはまったりするから、あぶないっていってました。なにか問題を起こしたら、オカ研は活動停止だって」

「オカルトは超常現象全般を意味するが、それだけでは宗教にならん。金儲《かねもう》けが目当ての宗教団体が信者を獲得するために、オカルトを利用しとるんじゃ。そんな連中にだまされんためには、オカルトを避けて通るんやなくて、正しい知識を持たにゃいかん」

「でもシブチンは、あるはずのないものを研究するのは非科学的だし時間のむだだって」

「超常現象は客観性と再現性がないから検証は困難じゃ。しかし、いまの科学では解明できんだけかもしれん。いまの科学でわからんことはいくらでもあるのに、頭ごなしに否定するほうが非科学的よ」

「シブチンは御子神先生のこともディスってましたよ。非常勤のくせに講義が適当だし、単位認定が甘すぎるから教授会で問題になってるって」

と遊馬がいった。御子神は鼻を鳴らして、

「あんな小僧に、わしのことをがたがたいわれる筋合《すじあ》いはない。あの小僧は簡単なことをむずかしくいうて、賢いつもりでおる。大学のなかしか知らんくせに、内定しとる学生でも単位を落とす。人情のかけらもない奴《やつ》じゃ」

御子神は酔ってもいないのに烈《はげ》しい剣幕で渋智を罵《ののし》った。渋智とよほどうまがあわないようだが、過去になにかあったのか。そもそも御子神は、いままでどんな人生を歩んできたのかが気になった。

七

日曜の朝、蒼太郎《そうたろう》はチャイムの音で眼を覚ました。ベッドから這《は》いだしてインターホンで返事をしたら、宅配便です、と声がした。寝ぼけたままドアを開けると、人相の悪い中年男が立っていて、ペンと書類をさしだした。

「クーポン券を配ってるんです。サインだけもらえますか」

頭がはっきりするにつれ、新聞の勧誘だとわかった。断るのは怖かったが金がないといい続けたら、男は室内を覗《のぞ》きこんで、

「マジでなさそうだね」

男が帰ったあと、そんなに金がなさそうに見えるのかと憤慨《ふんがい》した。たしかに部屋は殺風景で散らかっている。大学生活がはじまって二か月も経《た》つのに、引っ越しで持ってきた段ボール箱を荷ほどきしたくらいで、室内にはなんの装飾もない。ひとり暮らしをするまえは、自分好みのインテリアで統一した部屋に友だちや彼女を呼ぶのを夢想していた。

けれどもインテリアを考えるどころか、家事をこなすのもひと苦労だ。ちょっと怠《なま》けただけで洗いものと洗濯ものが山ほど溜《た》まる。片づけてもすぐ散らかるし、ゴミ出しもくたびれる。六月に入って気温と湿度が高くなったせいか、浴室やトイレにカビが生えてきたが、まだ手をつけていない。

実家にいたころは、自分がこれほど怠惰《たいだ》だとは思わなかった。もともと怠惰だったけれど、母が炊事《すいじ》洗濯をしてくれたから、それに気づかなかったのかもしれない。といって考えすぎると、またくよくよしそうだから、

「まあ、なんとかなるっしょ」

そうつぶやいたが、ひとりごとが増えたのも気になる。部屋に帰ってきたとき、ただいま、とつい口にだしたときは、ひとり暮らしの孤独を感じた。隣室の住人が深夜になにかつぶやいているのも、さびしさをまぎらわすためなのか。

日曜はいつも昼ごろまで寝ているが、新聞の勧誘に起こされたから、

「きょうこそ、ちゃんとしよう」

蒼太郎はまたひとりごとをいって掃除をはじめた。浴室のカビを洗剤で拭きとり、このところ水の流れが悪い排水口の蓋《ふた》を開けたら、髪の毛がごっそり詰まっていた。そのなかに自分のものではない長い髪の毛があったので寒気がした。髪の毛は、ほかの部屋にも大量に落ちていた。それらは自分の髪のようだが、こんなに抜けると将来が不安になる。

しかも麻莉奈《まりな》から妙なことを聞いた。ゆうべ狐屋《きつねや》は温見《ぬくみ》が休みで、バイトは麻莉奈といっしょだった。土曜の夜とあって店は忙しかった。彼女は接客が上手で、ふだんはてきぱき仕事をこなしているが、なぜかミスが多かった。閉店後、狐塚《きつねづか》は心配して麻莉奈にわけを訊《き》いた。

「どうも調子が悪いみてえだが、なにかあったのかい」

「すみません。ちょっと気になることがあって――」

「なんだい？　いってみな」

「髪の毛が落ちてるんです。床とか洗面台とか部屋のあちこちに。わたしの髪より長いのや短いのも――」

狐塚はつるつるの頭を撫《な》でて、おれに毛ェわけてほしいな、と笑い、

「その髪の毛、どこかでくっついてきたんじゃねえか」

「はじめはそう思いましたけど、量が多いんです。それに部屋のものが動いてるみたいで――」

外出するまえにシンクに片づけたはずのグラスがテーブルにあったり、壁にかけた額が傾いていたり、ゴミ箱が倒れていたりするという。狐塚はむずかしい表情になって、あの家にいったせいかな、といった。

「お祓《はら》いするんだったら遠慮せずにいいな。うちが氏子《うじこ》の神社があるから」

「はい。そのときはお願いします」

バイトが終わって麻莉奈と夜道を歩いていると、彼女は軽く息を吐《は》いて、

「うちに帰ったら、またなんか動いてるかも」

「動いてたら、どうするの」

「どうしようもないよ。怖いけど、ひとりだもん」

麻莉奈は彼氏に頼んで、部屋にきてもらえないのか。そう思ったが、訊くのはためらわれた。彼氏とはたまにしか会えないといっていたから、なにか事情があるのかもしれない。

蒼太郎は自分の部屋に帰ってから、大丈夫？ と麻莉奈にラインを送った。すこしして「大丈夫だけど、また髪の毛が落ちてた。こんどは短い茶髪」と返信があった。浴室の排水口で見つけた長い髪の毛は、まえの住人のものかもしれないが、彼女の場合は部屋の異変まであるから気がかりだった。

部屋の掃除をひととおり終えたら、夕方になっていた。埃《ほこり》っぽいなかで食事をしたくなかったので、朝からなにも食べていないだけに猛烈に腹が減った。先月末に狐屋のバイト代が入ったから、外食で旨《うま》いものを食べたい。

急いでシャワーを浴びたあと、服を着替えてマンションをでた。なにを食べるか考えながら繁華街を歩いたが、腹が減りすぎているせいか、なかなか決まらない。迷いながら歩き続けて、気がつくと麻莉奈が住んでいるマンションのそばまできていた。

そのとき、ふと麻莉奈を誘おうかと思った。麻莉奈には彼氏がいるのに、ふたりで食事をするのはまずい気もする。が、最近の彼女は元気がないから、美味《おい》しいものをごちそうしてはげましたい。スマホを手にしてラインの文面を考えていると、背後から奇妙な歌声が聞こえてきた。

「いちにぃさんまのしっぽ、ごりらのむすこ、なっぱ、はっぱ――」

聞きおぼえのある声に振りかえったら、味付海苔《あじつけのり》を貼ったような眉毛の肥《ふと》った男がいた。蒼太郎はぎくりとして、鯨岡《くじらおか》さん、といった。

「ここでなにしてるんですか」

買物してたんや。鯨岡は右手にさげたコンビニのレジ袋をかかげた。きょうのTシャツには「上下運動」と筆文字がある。

「蒼太郎こそ、なにしてんねん」

ほんとうのことはいえず、ひとりで食事にいくところだったと答えたら、

「ほな、ちょうどええわ。うちでタコ焼しばくで」

「うちで？」

「わいの家、すぐそこやねん。おごったるさかい、ついてきィや」

麻莉奈と食事ができないのは残念だが、断る理由を思いつかず、鯨岡のあとをついていった。鯨岡はすぐそこだといったのに三十分近くも歩いて、ようやく彼の自宅に着いた。アパートかマンションだろうと思っていたら、木造の平家だったので驚いた。鯨岡によれば、建物は古く交通の便が悪いから家賃は安いというが、大学生が住むには不便そうだ。

「わいはこう見えて神経質よってに、集合住宅は好かんねん」

自分で神経質というだけあって、室内は整理整頓されていた。けれどもリビングの壁にホラー映画のポスターがべたべた貼られ、エアガンやサバイバルナイフを飾ったラックがある。PCデスクにはパソコンと大型のモニターが三つもあり、映画で観《み》たハッカーの部屋を思わせる。

窓のカーテンは閉めたままらしく、そのまえのガラスケースにジェイソンやフレディといったホラー映画のフィギュアがずらりとならんでいる。なかには知ら

ないキャラクターもあるが、鯨岡はそれらを指さして、

「これは『シャイニング』のジャック・トランス、これは『チャイルド・プレイ』のチャッキー、これは『スクリーム』のゴーストフェイス、これは『IT』のペニーワイズ、これは『悪魔のいけにえ』のレザーフェイス、これは『ハロウィン』のブギーマン、これは『ヘル・レイザー』のピンヘッド、これは――」

蒼太郎がもういいというまで紹介を続けた。大きな本棚には猟奇《りょうき》殺人や拷問《ごうもん》やサイコパスや軍事関係の本に加えて、ホラー映画のDVDや十八禁の過激なゲームがならび、見るからにあぶない雰囲気だった。

「よっしゃ、ぼちぼちやるで」

鯨岡はキッチンにいき、レジ袋からタコ焼の材料をだした。続いてボウルで生地《きじ》を作るとタコと青ネギを刻み、蒼太郎は天かす、紅ショウガ、青海苔、カツオ節、ソースなどを用意するのを手伝った。

リビングの隣の和室は壁一面に「魔法少女まどか☆マギカ」や「涼宮《すずみや》ハルヒの憂鬱《ゆううつ》」や「ひぐらしのなく頃に」といったアニメのポスターが貼られ、畳のまんなかに田舎の民家にありそうな座卓が置いてある。リビングといい和室といいア

ンバランスだが、大阪っぽくコテコテでもある。

鯨岡はタコ焼用の鉄板とカセットコンロを運んで座卓に置くと、さっそく鉄板に生地《きじ》を流しこんで具を入れた。鯨岡が千枚通しを器用に使って焼きあげたタコ焼は、テレビの食レポによくあるように外はカリカリ、なかはトロトロだった。

蒼太郎はタコ焼をはふはふ頰《ほお》ばりながら、

「すごく美味しいです。プロが作ったみたいで」

「大阪のもんやったら、誰でもこれくらい焼けるわ」

鯨岡はそういいながらも得意げに鼻の穴をふくらませて、

「ほんまは女の子といっしょに食いたいねん」

「あの、鯨岡さんって彼女は――」

遠慮がちに訊《たず》ねたら、いま恋活してるねん、といった。

「いろいろ画策しとるよってに、なんとかなるんちゃうか。知らんけど」

鯨岡は以前、人間のどろどろした心の闇に興味があるといった。この家のリビングにはそんな気配が漂っているが、もし彼女ができたとしても、ここに呼んだらドン引きしそうだ。ところでな、と鯨岡はいって、

「蒼太郎は誰推しなん？」

「誰推しって——」

「オカ研に女はふたりしかおらんがな。どっちに気ィあるねん」

「そういわれても——」

「おまえの様子を見るかぎり、麻莉奈やろ。ちゃうか」

「いい子だと思うけど、彼氏がいますよ」

「へたれなやっちゃなあ。彼氏がおったって、別れたらしまいやがな」

ぐひひひ、と鯨岡は邪悪な笑みを浮かべた。


六月のなかばに入って雨の日が続いた。

ニュースによると関東甲信《こうしん》地方は梅雨《つゆ》入りしたらしい。蒼太郎の部屋は一段と湿度があがってじめじめする。このあいだ掃除したのに、もう水まわりにカビが生えてきた。洗濯物は乾かないし、先週はうっかりゴミ出しを忘れてショックだった。生ゴミが多かったせいで室内に異臭が漂い、コバエまで飛んでいる。

けさも雨だったから、起きたとたん気持が沈んだ。雨のなかを大学まで歩くの学は鬱陶《うっとう》しいが、月曜はゴミの収集日だし、一限目は口うるさい渋智京弥《しぶちきょうや》の社会学だからサボるわけにいかない。

蒼太郎はビニール傘とゴミ袋を手にしてマンションをでた。ゴミ袋を集積所に捨てて歩きだしたら、あのう、と背後から声をかけられた。振りかえると、赤い傘をさした中年女が立っていた。

「あなたはいま、女性のことで悩んでいますね」

満月のような丸顔でレインコートを着た女はそういった。女は以前もマンションの入口で声をかけてきた。あのときは「あなたはいま人生について、いろいろ悩んでますね」といったが、なぜそんなことがわかるのか。

「すみません、ちょっと急いでるんで」

早口でそういって背中をむけたら、女の声があとを追ってきた。

「その女性には、悪い霊が憑《つ》いてますよ」

蒼太郎はどきんとしつつも、立ち止まらずに歩いた。悩んでいるのとはすこしニュアンスがちがうけれど、たしかにいま麻莉奈のことを心配している。麻莉奈は肩の重さはまだ治らず、自宅での怪異も続いているといい、しだいに表情がやつれてきた。彼女が体調不良とあって、先週オカ研の定例会は中止になった。

おととい狐屋のバイトにいったとき、麻莉奈もきていたが、やはり元気がない。狐塚はそれを見かねたように、神社でお祓いしてもらいな、といった。

「宮司《ぐうじ》に話をしとくから、サークルのみんなも連れていくといい。ほかにも誰か取り憑かれてるかもしれねえ」

宮司とは親しいから、お祓いの費用は気持だけでいいという。麻莉奈はそれでも迷っていたが、温見からも勧められて、ようやくうなずいた。

「幽霊がいるなら見たいと思ってたけど、やっぱ怖いもんね」

麻莉奈はバイトの帰り道でそういった。怖いだけでなく、このままでは彼女はさらに体調を崩しそうだし、なにか不吉なことが起きるかもしれない。オカ研のグループラインでみんなに相談すると、神社でお祓いを受けたあと狐屋で次の定例会をすることに決まった。

渋智京弥の講義は、あいかわらず難解で退屈だった。

御子神《みこがみ》がいったとおり簡単なことをむずかしく語っているようで、さっぱり頭に入らない。が、まじめに聞かないと渋智は激怒するから、理解に苦しんだうえに緊張するという二重苦だ。

「いいか、ここ大事だから、よく聞けよ。ゲオルク・ジンメルが主張した社会学は、複数の人間が関わりあう様式を研究する特殊科学としての社会学なんだ。ジンメルが存在するとしたのは個人の心的な相互作用のみであるから、社会が実在するとする社会実在論、社会に実態はないとする社会唯名論を批判した。したがって社会化の反復、そして様式を統一することが概念的にいえば――」

渋智は大統領選挙に出馬したような勢いで、熱心にしゃべっている。社会社会と連呼するけれど、社会にでてから、この講義がなんの役にたつのか疑問だ。

麻莉奈はきょうも、いちばんまえの席でノートをとっている。蒼太郎は隣に座りたかったが、渋智の講義は近くで聞きたくないから後ろの席にした。歌蓮《かれん》と遊《ゆう》馬《ま》は、もう単位をあきらめたのか欠席している。

太ももをつねって睡魔と闘っていたら、麻莉奈がこくりこくりと舟を漕《こ》ぎはじめた。渋智は気づいていないように見えたが、講義が終わると彼女を呼び、小声でなにか話していた。二限目がはじまるまえ、廊下の自販機にミネラルウォーターを買いにいったら、麻莉奈とばったり会った。シブチンになんていわれたの、と蒼太郎は訊いた。

「最近疲れてるみたいだけど、どうしたんだって訊かれた。幽霊なんていったらキレられそうだから、適当にごまかした」

「歌蓮がいってたよ。シブチンは麻莉奈に気があるって」

「えー、マジで？　そんなことないと思うけど」

麻莉奈はわずかに眉を寄せた。そのとき、けさゴミの集積所で会った丸顔の女の台詞《せりふ》が脳裏に蘇《よみがえ》った。その女性には、悪い霊が憑いてますよ。麻莉奈にはいわなかったが、あれはほんとうなのか。あの女は、いったい何者なのか。こんど会ったら、ちゃんと話してみようと思った。

八

狐塚《きつねづか》に紹介された神社は、郊外の住宅街にあった。

きょうも朝は雨だったが、幸い午後から晴れ間が覗《のぞ》いた。オカ研のメンバーは苔《こけ》むした石段をのぼり、色褪《あ》せた朱《しゅ》塗りの鳥居をくぐった。傾きかけた陽光に照らされた参道に灯籠《とうろう》がならび、古びた拝殿のまえに一対の狛犬《こまいぬ》がある。歴史はありそうだが、境内《けいだい》はせまく拝殿もちいさかった。

社務所で祈禱《きとう》の申しこみをして、みんなでだしあった玉串料《たまぐしりょう》を納めた。神職の中年女性に案内されて手水舎《ちょうずや》で口と手を清め、拝殿へむかった。拝殿では、烏帽子《えぼし》をかぶり狩衣《かりぎぬ》に袴《はかま》姿の宮司が待っていた。初老の宮司は会釈《えしゃく》して、

「狐塚さんから事情はうかがってます。さっそくはじめましょう」

笏《しゃく》を両手に持った宮司は、祭壇にむかって祓詞《はらえことば》を唱えた。

「かけまくもかしこきいざなぎのおほかみつくしのひむかのたちばなの——」

続いて白木の棒に紙垂《しで》をつけた大麻《おおぬさ》を六人の頭上で振り、参加者の穢《けが》れを清める修祓《しゅばつ》をおこなった。そのあと神前に供物を供える献饌《けんせん》、祝詞奏上《のりとそうじょう》、鈴祓い、玉串拝礼という儀式があり、お祓いは終わった。最後に宮司から、この神社の由来やご利益《りやく》についての講話があったが、

「宮司さんは幽霊とか見えるんすか」

遊馬《ゆうま》が唐突に訊《き》いた。宮司は笑みを浮かべて、

「たまにそういう質問がありますが、わたくしには見えません。わたくしたちは仲執り持ち《なかとりもち》といって、みなさんの思いを神様に伝える役目なんです。神様のお力を借りるだけですから、特殊な能力はありません」

「神様ってマジでいるんすか」

「神道《しんとう》における神とは、八百万《やおよろず》の神――わたくしたちのご先祖さまや森羅万象《しんらばんしょう》を司る《つかさど》大自然です」

「じゃあ、お祓いっていうのは――」

懲《こ》りずにぶしつけな質問をする遊馬を、万骨《ばんこつ》が押しとどめた。宮司は苦笑して「厄除御守《やくよけおまもり》」と書かれた巾着袋《きんちゃくぶくろ》をみんなに配った。

六人は神社をでて住宅街を歩いた。万骨が溜息《ためいき》をついて、

「さっきはひやひやしたよ。宮司さんにあんなことというから」

なんで止めたんすか。遊馬は不満げに唇を尖《とが》らせた。

「お祓いがマジで効くのか、訊きたかったのに」

「まえにいっただろ。どんなお祓いだって、それを信じていれば効果はあるっ

て」

「信じるためには、もっと情報がほしいっすよ」

「やっぱ神社っていいね。パワースポットって感じで元気がでる」

歌蓮《かれん》がそういって両手を上に伸ばし、

「麻莉奈《まりな》はどう？　調子よくなった？」

うーん、と麻莉奈はいって左肩に手をやると、

「肩はいくらか軽くなったみたい」

「よかった。あたしも気分がすっきりした」

「かわいい巫女《みこ》さんおるかと思うて、期待したのにな」

と鯨岡《くじらおか》がいった。コスチューム萌《も》えかよ、と万骨がいって、

「巫女さんは大きな神社にしかいない」

遊馬は歩きながら御守りの巾着袋の紐《ひも》をいじって、

「これ、なにが入ってんだろ」

開けちゃだめよ、と歌蓮がいった。

「御守り開けたら神様が逃げて、ご利益がなくなるってママがいってた」

「この袋ひとつずつに神様が入ってるってこと？　数多くね？」

「神様が入ってるっていうより、御霊入《みたまい》れって神事で神様の力がこめられてる。仏教の開眼法要《かいげんほうよう》――魂入れとおなじようなものだよ」

と万骨がいった。つーことは、と遊馬がいって、

「御守りの中身はゴッドパワーっすか」

「イメージとしてはね。御守りの中身を内符《ないふ》っていうんだけど、たいていは紙や木でできた御神璽《ごしんじ》って御札《おふだ》が入ってる」

蒼太郎《そうたろう》はお祓いの効果は特に感じなかったが、神社のおごそかな佇《たたず》まいが新鮮で、すがすがしい心地になった。神社に参拝することで心身をリフレッシュするのは、昔から培《つちか》われてきた生活の知恵なのかもしれない。

蒼太郎たちが狐屋に着くと、御子神《みこがみ》は先にきていてカウンターで生ビールを呑《の》んでいた。みんなは狐塚に神社を紹介してもらった礼をいった。狐塚はお祓いの様子を聞いてから麻莉奈にむかって、

「これで妙なことはおさまるさ。気分もよくなっただろ」

といったが、彼女の表情は冴《さ》えない。狐塚はそれを察したらしく、

「どうしたィ。あんまり元気なさそうだけど」

「せっかくお祓いしてもらったのに、こんなことというのは申しわけないんですけど、神社をでたときから胸騒《むなさわ》ぎがして――」

「そりゃあ、気あたりかもしれねえな」

「気あたり？」

「神社の気をもらうことで体調を崩すことがあるんだよ。いい気が軀《からだ》に入って、悪い気がでていくんだから心配ねえ」

麻莉奈は曖昧《あいまい》にうなずいた。六人は小上がりに腰をおろし、飲みものと料理を注文した。御子神はこっちで呑みましょうと誘ってもカウンターから動こうとせず、狐塚と話しこんでいる。

蒼太郎も麻莉奈もバイトは休みだが、客として店にくるのははじめてだけに落ちつかない。店内が混んできて注文の声が聞こえると、つい腰を浮かせてしまう。そのたびに温見《ぬくみ》から、いいから座ってて、と笑われる。

「ゆっくりしてなよ。きょうはお客さんなんだから」

定例会では、麻莉奈の部屋で起こった怪異が話題になった。万骨によれば室内のものが動いたり髪の毛が落ちていたりするのは、ポルターガイスト現象に分類されるという。

「ポルターガイストは、ドイツ語で騒がしい霊って意味の造語。誰もいないところで物音がするラップ音も、ポルターガイストの一種とする場合もある。ラップ音がらみで、いちばん有名なのはアメリカのフォックス姉妹だね」

フォックス姉妹ていうたら、と鯨岡がいって、

「スピリチュアリズムや心霊研究の原点て、いわれてまんな」

「そうなんだ。だから長いけど聞いてほしい。一八四七年十二月、フォックス夫妻と次女のマーガレット、三女のキャサリーンはニューヨーク州ハイズビルという村の一軒家に引っ越してきた。この家は何代か住人が替わり、地元ではお化け屋敷といわれてたらしい。フォックス夫妻がそれを事前に知っていたかどうかはわからないけど、夜になると不可解な音がして、夫妻は悩んでいた。一八四八年三月の夜、当時まだ少女だったフォックス姉妹は、その音と交信できることに気づいた。イエスなら一回、ノーなら二回って感じで、相手に呼びかけるとドアを

ノックするような音が鳴る。姉妹は両親にそれを伝えた。この交信のきっかけについては諸説あるけど、フォックス夫人が近所の知人を呼んできたから大騒ぎになって――」

霊との交信は夜通し続けられたが、やがて誰かがアルファベットを読みあげ、正しい文字のところで音を鳴らさせるという方法で、文章を綴ることに成功した。その結果、交信していた霊はチャールズ・ロズマという行商人の男で、五年まえにこの家に住んでいたベルという男に五百ドルを奪われ、肉切り包丁で喉《のど》を斬られて殺害され、地下室の下に埋められたと語った。

詳細な証言に驚いた住人たちが地下を掘り起こしてみると、毛髪や歯や骨が出土した。それらは医師によって人間のものだとわかったが、骨が少量だったため事件を裏づけるには至らなかった。

「これは研究者のあいだでハイズビル事件と呼ばれてるけど、奇妙なのはここからなんだ。フォックス姉妹はハイズビルの家を離れても、ラップ音による霊との交信ができるとわかって一躍《いちやく》有名になった」

「でもインチキやったんやろ」

と鯨岡がいった。万骨は顔をしかめて、話には順番があるの、といって、

「マーガレットとキャサリーンは、二十三歳も年上だった長女のレアが企画した降霊術のツアーで全米各地やヨーロッパをまわり、支持者は数百万人を超えたといわれてる。おかげで家族は莫大《ばくだい》な金を稼いだけど、マーガレットは一八八八年にニューヨーク・ヘラルドという新聞のインタビューで、いままでの降霊術はぜんぶトリックだったと告白した」

「なんで何十年も経《た》って、自分からネタバレすんの」

歌蓮が訊いた。万骨は続けて、

「良心の呵責《かしゃく》に耐えられなくなったって説もあれば、長女のレアが金を独り占めしたことへの反発って説もある。マーガレットは手や足の関節を鳴らしてラップ音をだしてたといって、トリックを暴露する実演会までやってる。妹のキャサリーンも、それに反対しなかったらしい。しかし一年半後、マーガレットは告白を撤回した。告白したのは、スピリチュアルに反対する団体に買収されたからだって。それからフォックス姉妹は、自分たちの降霊術はほんものだと死ぬまで主張し続けた」

「あとから撤回しても信じてもらえないでしょうね」

と麻莉奈がいった。でもね、と万骨はいって、

「姉妹が亡くなったあとの一九〇四年十一月、ハイズビルの家の地下室で遊んでいた少年たちが、崩れた壁のなかから骨が見えていると証言した。それがきっかけで調査してみると、壁は二重になっていて、そのあいだから白骨化した遺体と行商人が使う箱が見つかったんだ。その箱には、チャールズという文字が刻まれてたともいわれてる」

うっわ、と遊馬が眼をみはった。

「だったらガチじゃないすか」

「どうかな。百年以上もまえだから裏はとれないけど、フォックス姉妹の影響もあってか、十九世紀後半は世界的な学者たちが心霊研究に乗りだした。一八八二年にケンブリッジ大学で心霊現象研究協会、略称SPRが設立された。歴代会長はハーバード大学の教授、ウィリアム・ジェームズ、クルックス管を発明しタリウムを発見したウィリアム・クルックス、ノーベル生理学・医学賞を受賞したシャルル・リシェ、ノーベル文学賞を受賞した哲学者のアンリ・ベルクソンといっ

た錚々《そうそう》たる顔ぶれだった」

一八八五年にはアメリカでも米国心霊現象研究協会、ＡＳＰＲが設立され、五年後にＳＰＲの支部となった。その支持者にはマーク・トウェイン、カール・ユング、コナン・ドイル、ルイス・キャロルなど高名な作家や学者が多くいた。ＳＰＲとＡＳＰＲの活動は極めて懐疑的で、科学的な検証を繰りかえし、霊能者の嘘《うそ》やトリックを次々に暴いていく。トーマス・エジソンも会員だった神智学協会の設立者、ブラヴァツキー夫人のトリックも暴き、協会は一躍有名になったが、コナン・ドイルのような心霊研究の肯定派は脱退した。

「否定派からはもともと心霊研究を批判されてたけど、肯定派からも煙《けむ》たがられる。彼らはそんな板ばさみになっても、めげずに研究を続けた」

「で、研究の成果はあったんですか」

　蒼太郎が訊いた。

「当時もっとも注目されたのは、アメリカのボストンに住んでたレオノーラ・パイパーっていう女性だね。パイパー夫人の交霊会は誰ひとりトリックを見破れず、参加者はみんな霊の存在を信じた。ケンブリッジ大学教授でＳＰＲのメンバーだったリチャード・ホジソンは懐疑派の最右翼で、さっき話したブラヴァツキー夫人や有名な霊媒師のエウサピア・パラディーノのトリックも暴いた。ホジソンは自分こそがパイパー夫人のトリックを暴くと意気ごみ、私立探偵を使ってパイパー夫人を尾行したり手紙を開封したりして、彼女の私生活を調べあげた」

「それはやりすぎなんじゃ――」

「ホジソンは、パイパー夫人が交霊会の参加者に関する情報を事前に知っているんじゃないかと疑ったんだ。そのためにプライベートを調べたが、不審な点はない。パイパー夫人は、ほかの霊能者のように参加者から金をとらなかった。ホジソンはそれでも彼女を疑って単独でイギリスに招待し、日常生活を監視したうえで八十八回も交霊会をおこなわせた。その場に立ちあったSPRのメンバーは、誰もがパイパー夫人の能力を信じたけど――」

「そのホジソンってひとは、まだ疑うんですか」

「うん。ところが一八九二年、ホジソンの友人だった作家のジョージ・ペラムが事故死して、そのひと月後に霊となってパイパー夫人におりてきた。ホジソンはペラムの友人たちを交霊会に匿名で参加させ、夫人と会話させた。夫人はそこでペラム本人としか思えない発言をしたから、とうとうホジソンも霊の存在を信じて肯定派になった」

「いまの時代よりも徹底して調べたんだ」

「しかしSPRとしては、パイパー夫人の能力をテレパシーの可能性もあるとして、霊の存在を裏づける証拠とはしなかった」

「めちゃくちゃきびしいですね」

「一流の学者たちだから安易に結論はださない。SPRはいまも調査を続けてるけど、霊が存在する決定的な証拠はまだつかんでないようだね」

「百年以上もまえから調査してるのに、まだ証拠がつかめないなら、もう無理なんじゃ――」

「そんなことはない。江戸時代が終わった明治元年は一八六八年だから、ほんの百五十何年かまえだよ。グラハム・ベルが電話を発明したのは一八七六年、ベンツとダイムラーによって世界初のガソリン自動車が製造されるのは一八八六年、ライト兄弟が世界初の有人飛行に成功するのは一九〇三年。明治元年のひとたちに現代の生活はこうなってると話しても、とうてい信じてもらえないだろう」

スマホとかネットとかいっても、アタオカって思われそう、と歌蓮がいって、

「科学ってすっごいスピードで進歩したんだから、いまから百年後には霊の存在が証明されてるかも」

UFOと宇宙人も、と遊馬がいった。

「どっちも否定されとるかもしれんで」

と鯨岡がいった。いずれにせよ、と万骨は続けて、

「科学の進歩によって、ぼくらが想像もつかないことが起きてるだろうね」

ふと冷酒の徳利《とっくり》とぐい呑みを手にした御子神が、カウンターから小上がりに移ってきた。御子神は手酌で冷酒を注いでぐい呑みをあおり、

「科学がなんぼ進歩しようと、人間はまったく進歩せん」

しゃがれた声でつぶやいた。そんなことないっしょ、と遊馬がいって、

「いまは百年まえとくらべて、ドチャクソ便利じゃないすか。車があって飛行機があってスマホがあって冷暖房もあるし」

「便利は生活を快適にするだけで、必ず犠牲をともなう。現代は便利になった反面、地球温暖化、食糧危機、資源の枯渇《こかつ》、環境破壊、飢餓《きが》や貧困を生んだ。しか

し人間は、いったん獲得した便利を手放さん。いまの若者からスマホやネットをとりあげたら大変なことが起きるやろ」

「秒で暴れるっすね」

「おなじように銃やミサイルや核兵器も根絶できん。科学は新たな便利を求めて進歩し続けるやろうが、必ずしも人間を幸福にするわけやない。いまから二千五百年ほどまえに生まれた仏陀《ブッダ》は『人生は苦なり』と徹見し、悩み苦しむ人間を救うために仏教を説いた。生老病死の意味はわかるの」

「えーと、生きる苦しみ、老いる苦しみ、病気の苦しみ、死ぬ苦しみ、っすか」

「そうじゃ。仏教では生老病死を四苦、これに愛別離苦《あいべつりく》、怨憎会苦《おんぞうえく》、求不得苦《ぐふとくく》、五蘊盛苦《ごうんじょうく》を加えて八苦、すなわち四苦八苦と呼んだ」

「あ、四苦八苦って、そういう意味なんすか。ただ、その愛別なんとかかが、よくわかんないけど――」

「愛別離苦とは、愛するひとと別れる苦しみ、怨憎会苦とは憎《にく》んだり怨《うら》んだりする相手と出会ってしまう苦しみ、求不得苦とは求めても得られない苦しみ、五蘊盛苦の五蘊とは色受想行識《しきじゅそうぎょうしき》、すなわちひとの軀《からだ》と精神がもたらす苦しみをいう。これら四苦八苦は、いまも二千五百年まえと変わらん。人間が進歩しとらん証拠に、いまだに戦争を続けとる国もある」

御子神はそういうと冷酒をひと口呑んで、

「もっとも生老病死は医学の進歩によって、大きく変化した。寿命は大幅に延び、かつては不治《ふち》の病《やまい》だった病気も治る。昔にくらべて生きるのは楽になったが、長生きすれば苦しみが減るわけやない。寿命が延びたかわりに、超高齢化社会や認知症の増加や老々介護や孤独死といった問題が生まれた」

「便利は犠牲をともなうってことっすね。でも、もっと医学が進歩して人間が死ななくなったら、どうっすか」

「それに見あった犠牲がある。人間が死なんのなら増える一方で、住むところに困るやろうし、子どもも作れんやろう。過去を振りかえればわかるとおり、科学では人間の苦を解決できん」

「じゃあ——じゃあ、ぜんぶの苦を忘れるくらい、すっげえ気持よくなる薬ができたら?」

「水槽の脳ちゅう思考実験を知っとるか」

遊馬はかぶりを振った。御子神は続けて、

「培養液に浸《つ》けた脳の神経組織に電極をつないで、視覚や聴覚や嗅覚《きゆうかく》や触覚といった、すべての感覚の刺激を与える。電極はコンピュータにつながっており、培養液のなかの脳に現実の世界を生きとるのとまったくおなじ感覚を与える。要するにバーチャルリアリティやが、この感覚への刺激を快感のみにすれば、すべての苦が消滅した世界で生きられるやろう」

「でも、それって現実じゃないから偽物《にせもの》っすよね」

「おまえさんはそういうが、われわれが生きてると思うとるこの世界は、実はそういう実験が生みだしたもので、実際には脳が水槽に浮かんどるだけかもしれん」

「えー、いくらなんでも、それはないっしょ」

「だったら、そうでないと証明できるか」

遊馬は腕組みをして、うーん、とうなった。蒼太郎も考えこんだ。自分が水槽の脳でないと証明するには、べつの視点が必要になる。ところが、その視点も自分の認識でしかなく、電極からの刺激で生みだされたのかもしれない。だとすれば、その認識の外にあるのは――。

考えるのに疲れてあたりを見ると、深夜とあって客はもういなかった。いつのまにか狐塚と温見がカウンターの椅子にかけ、こっちをむいている。途中から話を聞いていたらしい。御子神は誰も答えないのを見計らって口を開いた。

「われわれは自分の認識の外側にあるものを肯定も否定もできん。客観性ということばはあるが、人間が認識できるのは個人の視点の範囲でしかない。小説でいう神の視点で世界を俯瞰《ふかん》できんかぎり、真実はわからん。したがって幽霊も、それを見た本人にとっては現実なんじゃ」

「だから幽霊は存在すると――」

「現実やから存在するちゅうことにはならん。しかし水槽の脳は現実になりつつある。オーストラリアとイギリスの大学の研究者たちはシャーレで培養した人間の脳細胞とマウスの細胞を八十万個の集積体に増やし、一九七二年にリリースされた卓球ゲーム『ポン』のひとり用モードをプレイさせるのに成功しとる」

「マジすか。卓球ゲームしかない世界って地獄っすね」

「この培養された脳には意識がないから、ゲームをしとる感覚はない。電気信号の刺激でパドルの動かしかたを学習しとるだけやが、もっと研究が進歩すれば水槽の脳みたいな実験ができるかもしれん」

　そんなの怖い、と麻莉奈がいった。

「脳だけの存在なんて残酷《ざんこく》すぎます」

「心配ないわ。本人には自分が脳だけの存在なんて、わからへんから」

　鯨岡がそういったとき、がしゃんッ、とガラスが割れる音がした。

　狐塚が背後を振りかえって怪訝《けげん》な顔になった。温見はカウンターに身を乗りだすと厨房《ちゆうぼう》側の床を覗きこみ、焼酎《しようちゆう》のボトルが割れてます、といった。ボトルは五合瓶《びん》だという。

「なんで落ちたんだろ。ちゃんと棚に置いてたのに」

　温見はホウキとチリトリを持ってカウンターに入った。狐塚はカウンター越しに床を覗いて溜息をつき、なんかいるな、とつぶやいた。ほとんど同時に着信音が鳴り、麻莉奈がスマホを手にして、

「誰だろう。非通知って――」

「非通知なんか、でなくていいよ」

歌蓮はそういったが、麻莉奈は通話ボタンをタップしてスマホを耳にあてた。とたんに眉をひそめて、なにこれ、といった。麻莉奈がスマホをハンズフリーにしてテーブルに置くと、

「ああああああ――」

喉の奥から絞りだすような女の声が聞こえてきた。

九

教室の窓をいくつもの雨滴《うてき》が流れていく。空はどんよりした雨雲に覆われ、キャンパスの木々が風に揺れている。六月も残りわずかだが、梅雨《つゆ》はまだまだ明けそうもない。教壇では世界史の教授がしゃべっている。

麻莉奈《まりな》はけさ欠席したので、気になってラインを送ったら病院へいくと返信があった。今夜のバイトは蒼太郎《そうたろう》が休みで、麻莉奈は出勤だった。体調が悪いのなら交替しようかと伝えたら、部屋にいると気が滅入るからバイトにいくという。

蒼太郎は講義に集中できず、机の上のノートパソコンを見つめていた。

このまえの定例会では、誰も触っていないのに焼酎《しょうちゅう》のボトルが棚から落ちて割れ、麻莉奈に非通知の電話がかかってきた。得体のしれない女は不気味な声をあげ続け、不意に通話は切れた。焼酎のボトルが落ちた原因はわからずじまいで、電話の相手もわからない。歌蓮《かれん》と遊馬《ゆうま》はおびえていたし、万骨《ばんこつ》と鯨岡《くじらおか》も怪訝《けげん》な表情になっていた。

「気味が悪いですね。お祓《はら》いしたばかりなのに」

温見《ぬくみ》がそういうと狐塚《きつねづか》はしかめっ面で、

「うちの店はときどき変なことがあるけど、ここにもなにか憑《つ》いてるんかな」

「変なこととは？」

御子神《みこがみ》が訊《き》いた。狐塚は店内のものが勝手に動いたり、水道の蛇口《じゃぐち》から水が流れたり、バイトが客の人数をまちがったりすると答えた。御子神はなにかいうかと思ったが、あくびを嚙《か》み殺してうなずいただけだった。

麻莉奈はきのう大学で会ったとき、

「あれから、うちの部屋がますますおかしいの」

暗い表情でそういった。室内のものが動いたり他人の髪の毛があったりするのに加えて、買ったおぼえのないヘアピンが落ちていたり、冷蔵庫のドアやクローゼットの扉が開いていたりする。非通知の電話もまたかかってきたので着信拒否にしたという。

「お祓いのあと、胸騒《むなさわ》ぎがするっていってたよね」

「うん。狐屋《きつねや》の大将は気あたりだっていったけど、肩もまた重くなった」

「お祓いは逆効果だったってこと?」

「かもね。ゆうべは夜中にチャイムが鳴って、インターホンの画面を見たら、また誰もいないの。もううんざりしたから、幽霊に早くでてきてって叫んじゃった」

わたし病《や》んでるよね、と麻莉奈は笑ったが、その顔は以前より憔悴《しょうすい》していた。しかも、きょうは病院へいくといっただけに心配だった。彼女が肩が重いといいだしたのや部屋で怪異が頻発《ひんぱつ》するようになったのは、みなかみさんの家へいってからだ。

蒼太郎はノートパソコンのキーボードに指を置き、みなかみさんの家、と入力したが、一件もヒットしない。みなかみさんの家という呼びかたは、一般には知られていないらしい。「大島《おおしま》てる」で検索すると、まえに万骨がいったとおり自殺の投稿が三つあった。それ以上の情報はなかったが、情報があったところで対処の方法はわからない。

昼休み、蒼太郎は歌蓮と遊馬と学食へいき、麻莉奈のことを話しあった。歌蓮はお祓いをやりなおすべきだといって、

「このあいだの神社とは相性が悪かったのかもよ」

「神社に相性なんてあんの」

遊馬が訊いた。

「ネットで調べたら、神様にも属性があるみたい」

「マジか。炎属性とか雷属性とか？」

歌蓮はネットに霊能者の特集があったといい、スマホの画面でそれを見せた。神道《しんとう》系や仏教系など、さまざまなタイプの霊能者が紹介されていて、お祓いや除霊を依頼できるらしい。

「大々的に宣伝している時点で、うさんくさいね」

と蒼太郎がいった。あたしもそう思うけど、と歌蓮はいって、

「お祓いを頼めるひと、ほかに思いつかなかったから」

遊馬はスマホを見ながらげらげら笑って、

「なにこれ、プレアデス卑弥呼《ひみこ》の遠隔除霊って、マジかっけー」

「あたし、そんなひと勧めてないよ」

「じゃあ、これは？　神霊界のアセンションを導く大阿闍梨《だいあじゃり》、将龍寺豪鬼ってすごくね？　格ゲーのボスキャラかよ」

「それもだめ。もっとましなひといるでしょ」

霊能者の特集には、ふつうの氏名でまともそうな人物もいたが、みんな料金が高いか遠隔地だった。三人はネットでさらに霊能者を検索した。しかし結果はおなじで、お祓いや除霊を依頼したい人物はいなかった。

そもそも、そんな能力を持っている人物が簡単に見つかるはずがない。前回の定例会で万骨が口にした心霊現象研究協会――ＳＰＲのように徹底した調査をされたら、ほとんどはその能力を認められないだろう。

とはいえ、お祓いや除霊は本人がそれを信じていれば、プラセボ効果を発揮するらしい。が、室内のものが動いたり、他人の髪の毛が落ちていたりするのが麻

莉奈の幻覚でなかったら、プラセボ効果は意味をなさない。蒼太郎がそんな話をすると、遊馬は顎髭《あごひげ》をまさぐって、

「麻莉奈の幻覚ってこともありえるよな。このあいだ狐屋で焼酎が落ちたり、変な女から電話があったりしたのは、よくわかんねーけど」

「あたし、麻莉奈んちにいってみようかな」

「いってどうすんだよ」

「確かめるの。マジでものが動いたりするか」

「大丈夫かよ。怖がりのくせに」

「怖いけど心配だもん」

「なら、おれもいくわ。女ふたりだと心細いだろ」

「まあね。でも麻莉奈に訊いてみなきゃ」

歌蓮はスマホを手にすると麻莉奈に電話した。遊馬がいくのなら自分もいきたいと蒼太郎は思った。麻莉奈が心配なだけでなく、彼女の部屋を見たいという好奇心もある。まもなく電話はつながった。

「病院どうだった？　いま遊馬たちと話してたんだけど——」

歌蓮はしばらく話してからスマホをテーブルに置くと、

「夜はバイトがあるから、十二時半くらいにきてって」

蒼太郎はごくりと唾《つば》を呑《の》んで、じゃ、じゃあ、といった。

「おれもいく」


夜になっても雨はまだ降りやまない。蒼太郎は深夜営業のコーヒーショップで歌蓮と遊馬と待ちあわせてから、麻莉奈のマンションへむかった。遊馬は秋葉原《あきはばら》のリサイクルショップで買ったという怪しげな装置を持ってきていた。

「スピリットフォンっていって霊の声を拾うらしいんだ。うまくいけば霊と会話もできるって。すごくね？」

マジで？　と歌蓮がいって、

「そんなのパチもんじゃね？」

「パチじゃねーよ。ガチっぽい動画がユーチューブにいっぱいある」

「ガチっぽいだけでしょ。やらせかもよ」

そういう歌蓮はパワーストーンのブレスを両手に重ねづけしたうえに、母親からもらったという盛り塩のセットまで持ってきている。

三人は雨のなかをビニール傘をさして歩いた。麻莉奈のマンションのそばまできたとき、通り沿いのコンビニから肥《ふと》った男がでてきた。黒地に白い筆文字で「前後不覚」と書かれたTシャツを見て、顔に眼をやると鯨岡だった。レジ袋をさげた鯨岡はこっちに気づかず傘をさし、反対方向へ歩きだした。

遊馬が呼び止めようとするのを歌蓮は引き止めて、

「あんま大勢でいったら麻莉奈が迷惑かもよ」

「それはいえてる。鯨岡さんって、このへんに住んでるんだっけ」

「いや、だいぶ遠いよ」

蒼太郎はそういって、以前もこの近くで鯨岡に会ったことを話した。鯨岡の自宅は、ここから歩いて三十分近くかかる。前回は買物だといったが、今夜はなんの用だったのか。遊馬もおなじことを考えたらしく、

「そんな遠くなのに、こんなとこでなにしてたんだろ」

「さあね。行動が読めるようなひとじゃないよ」

歌蓮が笑いながらいった。三人は鯨岡がでてきたコンビニに入り、スナック菓

子や飲みものを買った。深夜だというのに二十代前半くらいの女性従業員がレジにいた。艶《つや》のないぱさついた黒髪で度の強いメガネをかけた女は、三人がレジのまえに立っても知らん顔をしている。

すみませんと声をかけたら、ようやくレジ打ちをはじめた。エコバッグは持ってきていないのでレジ袋を頼むと無言でうなずいた。女は袋詰めを終えると、ありがとうございましたもいわず、釣り銭を投げるようにわたしてきた。

「ちょっと、その態度おかしくね？」

遊馬が尖《とが》った声でいったが、女は平然として、

「なにがって接客だよ」

「なにが？」

「それって、あなたの感想ですよね」

女はどこかで聞いたような台詞《せりふ》を口にした。遊馬は嚙《か》みつきそうな表情になったが、歌蓮が無理やり腕をひっぱって外へ連れだした。歌蓮は溜息《ためいき》をついて、なにキレてんの、といった。

「あの子はマジやばいよ。見たらわかるじゃん」

「そんな感じもしたけど、このイケメンに対して、あんな塩対応ねえっしょ」

「コンビニになに求めてるの。商品買えたらいいでしょ」

ふたりのやりとりに苦笑しつつ歩き、麻莉奈のマンションに着いた。歌蓮がエントランスのインターホンで四〇一号室のボタンを押すと、麻莉奈の声がしてドアロックが解除された。深夜とあってマンションのなかは静まりかえっているが、建物がきれいだから不気味な感じはしない。三人はエレベーターで四階にあがり、四〇一号室のチャイムを鳴らした。

麻莉奈が玄関のドアを開けると、歌蓮と遊馬がおどけて、

「ゴーストバスターズ参上ッ」

「うぇーい、悪霊退散ッ」

淡いピンクのルームウェアを着た麻莉奈は愛くるしい。病院の検査ではなにも異常は見つからなかったというが、表情は疲れている。部屋の間取りは１Ｋで、リビングは八畳ほどだから蒼太郎の部屋より広い。几帳面《きちょうめん》な彼女らしく室内はきれいに片づいている。フローリングの床にソファとローテーブルが置かれ、壁際に小説がならんだ本棚とベッドがある。

蒼太郎たち三人はローテーブルを囲んで腰をおろした。本棚の上に観葉植物が植わった鉢《はち》があるが、葉っぱの先が変色している。麻莉奈はそれを指さして、

「ちゃんと水あげてるのに、お祓いにいってから枯れはじめたの」

「やばいね、それは。悪い霊が憑いてる家は、観葉植物が枯れたりペットが死んだりするみたいよ」

と歌蓮がいった。とりま調べてみよう、と遊馬がいってスピリットフォンをとりだした。アンテナを伸ばして電源を入れると、液晶画面が点灯してノイズがざあざあ響いた。遊馬によれば、FMとAMの電波を受信するらしい。

「幽霊の声を受信するには、明るいとだめだって」

遊馬がそういうと麻莉奈が照明を暗くした。周波数を調整してスキャンをはじめると、ザーザーというノイズにまじって、ときおり音声が聞こえる。

「誰かいますか。いたら返事してくださーい」

遊馬が大声で訊いた。スピリットフォンは安っぽいラジオを思わせる外観で、霊の声など聞こえそうもない。ところが不意にノイズが途切れ、なに？　と女の声が聞こえた。遊馬は眼を丸くして、

「あ、あなたは誰ですか」

うわずった声で訊いた。とたんに、うるさいッ、と濁《にご》った声がしたので思わず腰を浮かせた。歌蓮は眉をひそめて、いまのマジ？　とつぶやき、麻莉奈はあたりを見まわした。けれども、それからは遊馬がいくら問いかけても返事はなく、ずっとノイズが聞こえるだけだった。

蒼太郎はラジオの音声のようにも思えたので、

「これじゃ霊かどうかわかんないね」

「うーん、さっきの奴《やつ》はコミュ力低かったかも」

遊馬は残念そうな表情でスピリットフォンの電源を切った。じゃあ、あたしの番ね、と歌蓮がいって、派手なエナメルのバッグから盛り塩のセットをとりだした。歌蓮は麻莉奈にスプーンを借りると、円錐状《えんすいじよう》の容器に天然塩をスプーンで詰めて盛り塩用の型をとり、八角形の小皿に盛った。

「これで部屋を浄化するの。ママに聞いたら、ほんとはこの部屋の図面を調べて、表鬼門《きもん》と裏鬼門、東西南北に盛り塩を置くのが正しいみたいだけど、そこまでやんのは大変だから――」

歌蓮は盛り塩の小皿を六つ作って、ふたつを玄関の内側に置き、残りの四つをリビングの四隅に置いた。

「盛り塩は悪い気を吸うから、二週間くらいで交換してね」

「わかった。ありがとう。これでおさまってくれればいいけど――」

麻莉奈がそういったとき、チャイムが鳴った。麻莉奈はすぐに立ちあがるとインターホンに駆け寄って、まただ、とつぶやいた。

「誰もいない」

インターホンの画面には無人のエントランスが映っている。

「近くに誰かいるんじゃね？　おれが見てきてやる」

遊馬は玄関へ駆けだしていったがドアを開けた瞬間、あれッ、と叫んで足を止めた。なにかと思って玄関にいったら、廊下がびしょびしょに濡《ぬ》れている。四人はことばもなく、こわばった顔を見あわせた。時刻は午前二時だった。

それから四人は、いまの現象について話しあった。廊下は外に面しているけれど、雨が降りこんだにしても、あんなに濡れるはずがない。そのころ雨は霧雨《きりさめ》になっていて風もなかった。

　みなかみさんの家へいった数日後も、麻莉奈はおなじ現象に見舞われている。夜中にチャイムが鳴ったが誰もおらず、朝になって玄関のドアを開けたら廊下がぐっしょり濡れていた。蒼太郎はそれを聞いたとき、チャイムは通行人のいたずらで、廊下が濡れていたのは住人の誰かが水をこぼしたのではないかといった。麻莉奈を怖がらせたくなくてそういったが、今回はそんな気休めをいえる状況ではない。歌蓮が盛り塩を置いたとたんチャイムが鳴ったのは、偶然にしてはできすぎている。

　四人は、またなにか起きるのではないかと身がまえていた。しかし特に異変はないまま明け方近い時刻になった。きょうも朝から講義があるだけに、そろそろ帰ってひと眠りしたほうがいい。歌蓮は彼女が心配だから、ここに泊まるといった。蒼太郎は、始発で帰るという遊馬とふたりでマンションをあとにした。

　霧雨が降る通りを歩いていると遊馬が溜息をついて、

「麻莉奈の幻覚かと思ってたけど、そうじゃねえな」

「さっきのこと？」

「うん。あれはガチだろ」

「ガチなら動画撮るんじゃなかったの」

「そりゃ撮りてえけど、麻莉奈が心配じゃん。このままじゃやべえぞ」

「うん。でも、どうしたら――」

駅のそばまできたとき、それにしても、と遊馬がいって、

「麻莉奈の彼氏は頼りになんねえな。泊まりにきてやればいいのに」

「たまにしか会えないっていってたから、泊まりにこられないとか。彼氏って、どんなひとなんだろ」

「だいたい見当はついてる」

「え、誰なの」

「まだ確定じゃねえからな。裏とったら教えてやるよ」

じゃあな、と遊馬は片手をあげて駅のなかに入っていった。

十

その日の朝、蒼太郎《そうたろう》は八時すぎに眼を覚ました。二度寝や三度寝をふせぐためスマホのアラームはスヌーズにしてあるが、アラームを止めては寝るのを繰りかえしたせいで、こんな時間になった。急がないと講義に遅刻する。

大急ぎで服を着替えてマンションをでると、眠気を振り払うように走った。きょうの講義は午前中で終わりだから、二限目まで持ちこたえればいい。ようやく雨はやみ、空には鉛色の雲が垂《た》れこめている。けさ麻莉奈《まりな》のマンションをでて部屋に帰るなり、ベッドに入った。けれども疲れているのに眼が冴《さ》えて、しばらく眠れなかった。

息を切らして大学に着き、なんとか講義にまにあった。麻莉奈のことが心配だったが、歌蓮《かれん》とならんで席についていたので安堵《あんど》した。寝不足だけに講義を聞くのは睡魔との闘いだ。一限目はかろうじて持ちこたえたが、二限目は途中から意識が朦朧《もうろう》となった。

誰かに肩を揺さぶられて顔をあげたら、遊馬《ゆうま》が机のまえに立っていて、

「起きろよ。もう昼休みだぞ」

いつのまにか机に突っ伏《ぶ》して眠っていた。蒼太郎は眼をこすって、

「おれ、ずっと寝てた?」

「知らね。おれはいまきたばっかだから」

遊馬は遅刻の常習犯だけあって泰然自若としている。教室を見まわすと、麻莉奈と歌蓮はもういなかった。さっき会長にラインしたんだよ、と遊馬はいった。

「麻莉奈の部屋であったこと話そうと思って」

「そしたら？」

「学食で待ってるってさ。早くいこうぜ」

ふたりで学食にいったら万骨《ばんこつ》と鯨岡《くじらおか》がいた。万骨はオムライスにサラダとへルシーだったが、鯨岡は大盛りのカツカレーにチャーシューメンという生活習慣病まっしぐらなチョイスで、Ｔシャツには「責任転嫁」の筆文字がある。

ゆうべ麻莉奈の部屋へむかう途中、鯨岡を見かけた。なにをしていたのか訊《き》きたかったが、それを訊いたら、なぜ声をかけなかったのかといわれそうだから黙っていた。遊馬は昼食を食べながら、麻莉奈の部屋で起きたことを話した。

「――で、チャイムが鳴ってインターホンに誰も映ってねえから、おれが玄関へダッシュしてドアを開けたら、廊下がびしょ濡《ぬ》れだったんすよ」

「チャイムが鳴ったのは、まるで歌蓮が盛り塩を置いたのを見てたようなタイミングでした」

と蒼太郎はいった。それは不思議やけどな、と鯨岡はいって、

「スピリットフォンいうやつは、パチもんやで。ラジオの音声を拾うてるだけや。その証拠に、ラジオの電波が入らんとこやとノイズしか聞こえへん」

マジすか。買って損したなあ、と遊馬は苦笑して、

「でも、それ以外はしゃれになんねえっしょ。観葉植物は枯れはじめてたし、買ったおぼえのないヘアピンが落ちてたとか、冷蔵庫のドアやクローゼットの扉が開いてたとか、いろいろあるみたいっす」

食事を終えた万骨は紙ナプキンで口をぬぐい、

「心配だね。お祓いのあと、怪異がだんだんエスカレートしてるから」

「そうなんすよ。盛り塩が効果あればいいんだけど――」

「盛り塩は結界を張って、その場の空気を清める。でも、やりかたを誤ると霊道をふさいで、邪気《じゃき》をとりこむといわれてる」

「そうなったら、やばいっすね」

「うん。ただ盛り塩の由来は、おどろおどろしいものじゃないんだ。秦《しん》の始皇帝って歴史で習っただろ」

「中国を統一して、万里《ばんり》の長城を建てさせたひとっすよね」

「そう。始皇帝は何千人もの愛人を都に住まわせてて、ひまがあると牛車に乗って愛人の家をまわってた。愛人たちは自分の家にきてほしいから、着飾って歌をうたったり楽器を演奏したり、それぞれ目立つ工夫をしてた」

「でもライバルが何千人もいたら、なかなか順番がまわってこないんじゃ――」

「そうなんだよ。だから、ある愛人は知恵を絞って、家のまえに盛り塩を置いた。すると狙いどおりに始皇帝が家にきた」

「盛り塩に始皇帝を呼び寄せるパワーが？」

「呼び寄せたのは、始皇帝じゃなくて牛車をひいてる牛さ。牛は主食の植物から塩分がとれないので、塩を舐《な》めたがる。愛人はそれを利用したのさ。牛が塩を舐めて牛車は停《と》まるから、始皇帝はしかたなくその家を訪ねたってこと。それから盛り塩は身分の尊いひとを呼び寄せるとされ、噂《うわさ》は中国全土に広まった。その噂が奈良時代に日本にも伝わって、商売繁盛の縁起担《えんぎかつ》ぎになった」

「なんだ。盛り塩の由来って、ぜんぜん怖くねえじゃん」

「始皇帝じゃなくて、べつの皇帝だったとか、牛じゃなくて羊がひく車だったって説もある。ほかの説だと、盛り塩の由来は日本の神道だって。神道では、塩は穢《けが》れを祓《はら》うとされてるからね」

　そのときラインの着信音が鳴り、蒼太郎と遊馬はスマホを手にした。ラインは麻莉奈からで「いまうちに帰ったら、やばいことになってた」という文章に画像が何枚か添付されていた。蒼太郎はそれを見たとたん、息を呑《の》んだ。

「なんだ、これッ」

　遊馬は叫び、スマホの画面を万骨と鯨岡に見せた。画像は玄関とリビングの四隅を写していたが、ゆうべ歌蓮が置いた盛り塩がすべて、誰かに蹴飛《けと》ばされたように皿ごと飛び散っている。すぐ麻莉奈に電話すると、

「部屋にいたくないから、いま大学へむかってる」

「じゃあ学食で待ってる」

　蒼太郎は電話を切って、みんなにそれを伝えた。遊馬は険しい表情で、まだス

マホの画面を見つめている。鯨岡はさほど動揺した様子もなくラーメンの汁を飲み干して、会長、といった。

「ぼちぼち動かなあかんのとちゃう」

万骨はうなずいて蒼太郎に眼をむけ、

「きょうの夜って、麻莉奈はバイト?」

「休みです。おれはバイトだけど」

「こうなったら、二方向で調査するしかないな」

「二方向?」

万骨は答えず、メガネを中指で押しあげると、

「今夜、緊急の定例会をやろう。狐屋《きつねや》は席空いてる?」

蒼太郎はその場で狐塚《きつねづか》に電話した。七時に小上がりを予約して、麻莉奈と歌蓮にそれを伝えるラインを送った。

「じゃあ、のちほど狐屋で。大将に相談がある」

万骨はそういって席を立った。鯨岡があとをついていく。しばらくして麻莉奈が学食に入ってきた。麻莉奈はやつれた表情で椅子にかけると、

「うちにいるなにかは盛り塩に怒ってるみたい。それとこれにも――」

バッグから神社でもらった御守りをだした。「厄除御守《やくよけおまもり》」と書かれた袋の紐《ひも》がほどけている。

「いつのまにか紐がほどけてたの。変だなと思って、なかを見たら――」

彼女は袋から木製の御札《おふだ》をとりだした。御札は火に炙《あぶ》ったように黒く焦《こ》げている。蒼太郎がぎょっとしていたら、あちゃー、と遊馬は叫び、

「やっぱお祓いに怒ってたんだ。だから次々に変なことが起きてるんじゃね？」

たぶん。麻莉奈は力なくいって腰をあげた。どこへいくのか訊いたら、歌蓮と待ちあわせと答えた。歌蓮とは大学の帰りにいったん別れたが、

「ここへくる途中、電話があったの。歌蓮にもライン送ったから――」

盛り塩の画像を見た歌蓮は心配して、これから会おうといったらしい。

夜になって雨がまた降りはじめ、狐屋はひまだった。蒼太郎は客が途切れたのを見計らって、麻莉奈の部屋で怪異が頻発《ひんぱつ》していることを話した。

狐塚は艶《つや》のいい頭を指でぽりぽり掻《か》いて、

「まいったな。お祓いが逆効果になっちまったか」

「逆効果かどうかわかりませんけど、お祓いのあと変なことが続いてるのはたしかです。きょうは、こんなこともありましたし」

盛り塩が散らばった画像をスマホで見せ、神社でもらった御守りの中身も焼け焦げていたと伝えたら、狐塚は大きく息を吐いて、

「こりゃあ、そのへんの寺や神社じゃ手に負えんかもしれん」

みんながお祓いから帰ってきたとき、焼酎《しょうちゅう》のボトルが棚から落ちたり、麻莉奈に非通知の電話がかかってきたりした。狐塚はそれを口にすると、

「あのときは、この店になにか憑《つ》いてるかと思ったけど、そうじゃねえな。しかし、ほかのみんなは平気なんだろ。どうしてあの子だけが――」

「さあ――」

蒼太郎が考えこんでいたら、そういえば、と温見《ぬくみ》がいって、

「麻莉奈ちゃんがバイトのとき、何人かのお客さんからいわれたんです。きょうは店の空気が重いとか、妙な気配がするとか――」

「そりゃ初耳だな」

狐塚が首をひねった。すみません、と温見はいって、

「ぼくはそういうの信じてないし、よけいなことといったら大将が気を悪くするかと思ったので」

七時すこしまえにガラス戸が開き、万骨と鯨岡が入ってきた。万骨はなぜか家電量販店の紙袋を持ち、鯨岡はリュックを背負っている。まもなく麻莉奈と遊馬と歌蓮もきて、小上がりでテーブルを囲んだ。蒼太郎はバイト中だけに話に加われないのがもどかしかった。が、客がすくなかったのと狐塚と温見が気をきかしてくれたおかげで、バイトを早めに切りあげて定例会に参加できた。

万骨によれば御子神《みこがみ》も誘ったが、今夜は先約があると断られたという。むかいにいる麻莉奈は昼間に会ったときよりも疲れており、料理はあまり食べずノンアルコールのカシスソーダばかり飲んでいた。歌蓮は盛り塩が飛び散っていたのにショックを受けていて、

「さっきも麻莉奈にあやまったんだけど、あたしがよけいなことしたから、霊を怒らせちゃったかも」

「歌蓮のせいじゃないよ。もう気にしないで」

「でも、ますますやばくなったじゃん」

問題は麻莉奈の部屋だよな、と遊馬がいった。

「ひとりのときは、めちゃ怖いっしょ」

「うん。来月は中間テストだから、そろそろ勉強したいけど、なにかありそうで集中できない」

中間テストは前期が終わる夏休みまえ——七月中旬におこなわれる。蒼太郎もテストにむけて勉強をはじめようと思いつつ、まだなにもしていない。

こんなこと親に相談できないから困る、と麻莉奈は苦笑して、

「お金かかるけど、中間テストが終わるまで、安いホテルにでも泊まろっかな」

「もったいないから、うちに泊まんなよ。空いてる部屋あるし」

歌蓮がそういったら万骨はひと差し指を立てて、

「部屋に原因があるなら、その手もある。しかしきみ自身になにかが憑いてるとしたら、どこへいってもおなじだよ。いった先で、また怪異が起きる」

「そっか。じゃあ、どうすれば——」

「まず科学的に検証しよう。きみが部屋にいるとき、ものが動いたことは？」

「ないです」

「盛り塩が飛び散ったり御札の中身が焦げたりしたのも、その瞬間は見てないよね。ということは、決まって留守中に怪異が起きてるんじゃない？」

「たしかにそうですね」

「誰かが部屋に侵入してる可能性はないかな」

麻莉奈は眼をしばたたいて、

「ないと思います」

「部屋のものが動く以外に、ものがなくなったことは？」

「ないです。うちは四階だしオートロックだから、侵入はできないと――」

「そのへんは、どろどろした心の闇の専門家に聞こう」

万骨は鯨岡を顎で示した。鯨岡は麻莉奈にむかって、

「マンションのオートロックは鍵で開けるタイプ？」

「ええ、そうですけど」

「ほな合鍵作れば一発で侵入できるわ。合鍵がのうても、住人にくっついてエントランス通って玄関のドアをピッキングで開けるか、ほかの部屋からベランダ伝

いに侵入してもええ。屋上からロープ使《つこ》うて下の階におりる『さがり蜘蛛《ぐも》』ちゅう手口もある」

「だとしても誰がそんなことを――」

「そらわからんけど、女の子の部屋に忍びこむくらいやから、どうせまともな奴《やつ》やない。盗聴とか盗撮とか、されとるかもしれんで」

麻莉奈の顔色が変わった。鯨岡は続けて、

「パソコンやスマホをハッキングすれば、盗聴や盗撮は簡単や。せやけど麻莉奈の場合は部屋に髪の毛やヘアピンが落ちとったり、ものが動いたりしとるよってに――」

「心霊現象ってこと？」

「そうやなかったら、侵入者がおると考えたほうが自然や。最近の盗聴器や盗撮用カメラは、ごっつ性能がええうえにネットで安く買える。ボールペン、モバイルバッテリー、電球、コンセント、火災報知器、いろんな日用品に仕込めるさかい、素人ではまず見つけられへん」

麻莉奈は恐怖で喉《のど》が渇《かわ》くのか、カシスソーダをしきりに飲んでいる。

万骨は蒼太郎に眼をむけて、

「きょう学食で会ったとき、こういったよね。チャイムが鳴ったのは、まるで歌蓮が盛り塩を置いたのを見てたようなタイミングだったって」

蒼太郎はうなずいた。

「そのことばどおり、誰かが見てたのかもしれない」

「そんな――」

麻莉奈が眼を見開いた。でも無理くないすか、と遊馬がいった。

「チャイムが鳴ってすぐ玄関のドア開けたら、廊下が濡れてたんすよ。人間がそんな高速で移動できるわけないっしょ」

「チャイムが鳴ったあと、廊下が濡れたと考えるからさ。まず廊下に水を撒《ま》いたあと、外にでてインターホンのボタンを押した。つまり侵入者はチャイムを鳴らすまえからマンションのなかにいたって考えれば、つじつまはあう」

「めっちゃキモい。なんのためにそんなことすんの」

歌蓮が顔をしかめた。そうだ、と蒼太郎はいって、

「マンションの防犯カメラを見たら、侵入者が映ってるんじゃ――」

「防犯カメラの映像は個人情報やさかい、入居者は見せてもらえん。何者かが侵入したちゅう証拠があれば、警察に通報して調べてもらえるけど」

麻莉奈は唇を震わせて、じゃあ、わたしはどうすれば、と訊いた。鯨岡は脇に置いていたリュックを探り、アンテナがついた無線機のような装置をだすと、

「広域周波数帯受信機」

凶悪化したドラえもんみたいな声をあげた。

「これで盗聴器や盗撮用カメラの電波を発見するんや。スピリットフォンみたいなパチもんとはわけがちがうで。わいが使いかた教えたるさかい――」

麻莉奈はカシスソーダを飲み干すと、おかわりを注文し、

「操作がむずかしそう。わたしにできるかな」

調べるのは早いほうがいい、と万骨がいって、

「今夜、部屋にいっても大丈夫なら、鯨岡くんに調べてもらうけど」

「はい。そうしてもらったほうが安心です」

「よかった。じゃあ、これも使おう」

万骨はそういうと家電量販店の紙袋から四角い箱をとりだした。箱のなかに

は、小ぶりなドーム型のカメラが入っていた。万骨は続けて、

「室内用のワイヤレス防犯カメラだよ。これを天井の隅に設置して、室内の様子を確認する。誰かが部屋に侵入したら、動体検知センサーが反応してマイクロSDカードに自動録画を開始する。照明を消しててもナイトビジョンで撮影できるし、スマホのアプリから遠隔で操作して、リアルタイムで部屋の状況を確認できる。動体検知と同時にスマホに通知がくるから安心だろ」

ありがとうございます、と麻莉奈は頭をさげて、

「でも鯨岡さんと会長に申しわけないです。わたしのためにそんなことまでしてもらって――」

「オカ研の活動の一環だから、まったく問題ない。むしろ今回の件は研究対象として貴重だよ。ひとつ問題があるとすれば、鯨岡くんを女子の部屋に入れるってことかな」

ぐひぐひ、と鯨岡は笑ってから急に真顔になると、

「わいに、なんの問題があるんでっか」

「んー、鯨岡くんは、よからぬ妄想《もうそう》がたくましいから」

「わいがどないな妄想しようと勝手ですやん」

「きみの邪悪な思念が霊と反応して、悪い影響をおよぼすかも」

「非科学的なこといわんといてくださいや。会長こそまじめそうな顔してるけど、腹黒いこと考えてんのとちゃいまっか。服はいつも黒ばっかやし」

「きみだって、日替わりで妙なTシャツ着てるじゃないか」

「Tシャツがなんですのん。ただウケを狙《ねろ》うてるだけですやん」

「ウケてると思う感性がやばいよ。だいたいその四字熟語は、自分の行動を暗示してるんじゃないの」

ぷぎーッ、と鯨岡は怒った豚のような声をあげ、

「ひとの趣味までケチつけよって。なんぼ会長でも、いうてええことと悪いことが――」

「まあまあ、もういいじゃないすか」

「なにディスりあってんの。そういう場合じゃないでしょ」

遊馬と歌蓮が懸命にとりなしている。ふと温見がそばにくると蒼太郎の耳元で、またきたよ、とささやいた。温見の視線をたどってカウンターを見たら、あ

の女がいたので背筋がひやりとした。髪の長い痩《や》せた女は鋭い眼でこっちを見ている。麻莉奈は女に気づいたのか真っ青な顔で、

「なんか——気分が悪い」

そうつぶやくと立ちあがり、よろめきながらトイレに駆けこんだ。

十一

翌日は御子神《みこがみ》の講義があった。夏休みまえの中間テストは八百字の小説で、テキストデータを提出する。御子神が眼を通すだけでなく印刷して、文芸創作を受講している学生全員に配布するという。八百字は原稿用紙二枚だから、ほかの科目のレポート課題より量はすくないが、小説など書いたことがないし、同級生たちに読まれるのは緊張する。

これは作文やなくて小説やぞ、と御子神は強調した。

「自分が見聞きしたことや感想を書くのは作文。小説は創作、つまり作り話やから、事実と虚構が混在する」

御子神は以前の定例会で、近松門左衛門《ちかまつもんざえもん》のことばを紹介し、芸術の神髄《しんずい》は事実と虚構のはざまにあるといったが、それを指しているのだろう。

「小説を書くにあたっては主題――テーマを決める。読者になにを訴えたいのか、読者になにを感じさせたいのかを考える。しかし、いきなりテーマを考えろちゅうても迷うやろうから、今回はわしが決める」

御子神はそこでいったんことばを切って、テーマは恐怖、といった。蒼太郎《そうたろう》にとって恐怖といえば、麻莉奈《まりな》がいま見舞われている怪異である。ゆうべ麻莉奈は狐屋《きつねや》のトイレで嘔吐《おうと》したらしく、小上がりにもどってくると、しばらく横になっていた。みんなは救急車を呼ぼうかといったが、彼女は起きあがって、ごめんね、もう大丈夫、と答えた。

「あんまり食べてないのに急に吐き気がして――」

吐き気の原因は、あの女を見たせいかと思った。けれども麻莉奈に訊くと、女がいたのは気づかなかったという。髪の長い痩せた女は、いつのまにかいなくなっていた。麻莉奈は体調が心配なので歌蓮《かれん》が送って帰り、盗聴や盗撮の調査と防犯カメラの設置はあした――つまりきょうの夕方になった。

ふたりが帰ったあと万骨《ばんこつ》は狐塚《きつねづか》にむかって、お願いがあります、といった。

「あの家に──みなかみさんの家に、もう一度いってみたいんです。不動産会社に連絡をとってもらえませんか」

「またあの家へいくのかい」

狐塚はあきれた表情でいった。

「いまだっておかしなことが起きてんのに、遊び半分で深入りしたらどうなるかわからん。やめといたほうがいいんじゃねえか」

「たしかに不安ですけど、遊び半分じゃありません。今回は、あの家の仏間を中心に調査するつもりです」

「そういってもなあ。相手は人間じゃないんだぞ」

「だとしたら、なおさら調べなきゃいけません。ぼくはそうした現象を解明するためにオカルト研究会をやってるんです」

狐塚はなおも渋ったが万骨の熱意に押され、不動産会社に連絡をとるといった。万骨は狐塚に礼をいってから、こんどは男だけでいこう、といった。

「麻莉奈はむろん連れていけないし、歌蓮も霊的なものに敏感だから」

万骨が二方向で調査するといったのは、麻莉奈の部屋に加えて、みなかみさんの家も調べるという意味らしい。またあの家にいくのは怖くてたまらないし、仏間を調べたところで真相が解明できるかどうかわからない。万骨はそんな思いを見透《みす》かしたように、

「怖かったら無理しないで。みなかみさんの家が本物の幽霊屋敷なら、また誰かが怪異に見舞われるかもしれない。あの家へいくのは、ぼくひとりでもいい」

「なにいうてまんねん。わいもいきまんがな」

「おれもぜってーいくっす」

鯨岡《くじらおか》と遊馬《ゆうま》がいくのに自分だけ尻ごみするのは情けないから、おれもいきますというしかなかった。が、みなかみさんの家へいったせいで、自分の部屋でも麻莉奈が遭遇したような怪異が起きたら、正気ではいられないだろう。その点、麻莉奈は気丈《きじょう》で、きょうもちゃんと講義にでている。みなかみさんの家へ男四人で調査にいくことを話したら、

「あの家になにがあるのか知りたいけど、今回はやめとく。またなにかあったら、みんなに迷惑かけるし」

彼女のそばにいた歌蓮はうなずいて、

「あたしもいかない。それより麻莉奈がふつうの生活にもどるのが先よ。部屋を調べて盗聴や盗撮がなかったら、ガチってことでしょう。しかも盛り塩を蹴散《けち》らすくらい力のある霊なのよ。そいつをお祓《はら》いできる霊能者を探さなきゃ」

教室の窓から見える空は、どす黒い雲に覆われている。きょうもまた雨になりそうで青空が恋しい。御子神は教卓に頰杖《ほおづえ》をついて、

「恐怖というテーマは多種多様。ひとによって怖いもんは異なるからの。小説にこう書かないかんちゅう決まりはない。が、多くのひとに読ませることを意識せい。多くのひとに読んでもらうには、まず文章が平明であること。月並みなことを高尚《こうしょう》に見せようとして、読みづらい漢字を使《つこ》うたり、難解な表現をしたりするのは逃げでしかない。むずかしいことをやさしいことばで書くのが、腕の見せどころじゃ」

月並みなことを高尚に見せようとして、という台詞《せりふ》は、社会学の講義が難解な渋智《しぶち》京弥《きょうや》――シブチンを揶揄《やゆ》している気がした。御子神は講義のあと麻莉奈を呼び、小声でなにかしゃべっていた。話が終わるのを待っていると歌蓮と遊馬が

そばにきた。

「恐怖がテーマの小説って、なに書こう。やっぱ幽霊?」

歌蓮が訊いた。なんでもいいんだろ、と遊馬がいって、

「自分が怖いと思うものなら」

「たとえば、なに?」

「おれがめっちゃ怖いのは髪かな。うちのおやじって、若いころから狐屋の大将みたいにつるっつるだし」

そういう恐怖でいいなら、たくさんある、と蒼太郎はいった。

「単位とか就活とか、もっと先の将来とか――あ、待てよ。はたちで死ぬってコックリさんに予言されたから、将来があるかどうかもわからない」

ひひひ、と遊馬が笑って、

「蒼太郎は虫も怖いじゃん。特にクスサンって蛾《が》は」

「それはやめて」

思わず身震いしたら麻莉奈がこっちにきた。御子神先生となに話してたの、と歌蓮が訊いた。

「わたしの部屋で起きてることとか、ゆうべの定例会のこととか」

「そしたら先生は？」

「恐怖にとらわれると、眼のまえのものも見えなくなって判断力を失う。だから恐怖を克服して、冷静に状況を観察しろって」

「あんま参考になんないね。恐怖がテーマの小説書けなんていうくせに」

いつもはっきりものをいう御子神にしては、抽象的なアドバイスに思えた。けれども恐怖にとらわれると判断力を失うのはたしかだ。キャンプの夜、クスサンが股間《こかん》に貼りついたとき、悲鳴をあげて跳ねまわることしかできなかった。

夕方になって万骨と鯨岡と合流し、麻莉奈の部屋にいった。彼女によると盛り塩が飛び散って以降、怪異は起きていないという。ただ怪異がエスカレートするのを警戒して盛り塩は片づけられていた。

部屋は四階だけにカーテンを開けた窓から見える夜景がきれいだった。空はきょうも曇っているが、雨は降っていない。

鯨岡はさっそく広域周波数帯受信機を手にして、粘《ねば》っこい眼で室内を見まわした。盗聴器や盗撮用のカメラを探すためとはいえ、女子の部屋にきて肉づきのいい頬《ほお》をゆるめているのは、なにか下心がありそうに感じられた。

万骨は椅子の上に乗って、室内用の防犯カメラを天井の隅に設置すると、麻莉奈に指示してスマホとWi-Fiで接続させた。スマホの画面には室内が高画質で映っており、誰かが移動するとカメラのレンズがその方向をむく。

遊馬はふたりの様子をスマホで撮影しながら、

「おーし、これで幽霊映るかも」

そっちかーい、と歌蓮がいって、

「カメラつけたのは、誰かが侵入してないか調べるためっしょ」

「幽霊にせよ人間にせよ、真相を調べるんだろ。だからこそ真相を調べなきゃ」

「なにそれ。息の呼吸みたいな謎構文」

鯨岡は部屋のなかを無遠慮に歩きまわって受信機のアンテナをあちこちにむけていたが、ぜんぜん反応ないな、と首をひねった。

「いま調べたかぎりやと、盗聴も盗撮もされてへん」

よかった、と麻莉奈がつぶやいて、

「もし盗聴器や盗撮用のカメラがあったら、どうしようかと思った」

「怖がらせるようで悪いけど、侵入の可能性はまだ否定できない」

万骨がそういって天井の防犯カメラを指さすと、

「あとは、こいつになにが映るかだね。髪の毛やヘアピンはどこからあらわれるのか、室内のものを動かしているのはなんなのか、その正体を映像で見られる」

怪異の正体がとうとう判明すると思ったら、怖いけれども興奮する。麻莉奈はこのあとバイトなので、みんなは彼女といっしょにマンションをでた。

夕陽に赤く染まった通りを歩いていると、蒼太郎のスマホが鳴った。相手は狐塚で、さっき不動産会社の社長から連絡があったという。

「日曜の夜なら、社長が幽霊屋敷の鍵を持ってってやるってさ。どうする？」

万骨にそれを伝えたら、もちろんいくよ、と答えた。鯨岡と遊馬も賛成し、みなかみさんの家のまえで八時に待ちあわせることになった。

よーし、と万骨が笑顔でいって、

「あの家の仏間を徹底的に調べてやる。さっそく機材を用意しよう」

「まかしとくんなはれ。しかしその社長、怪異の原因がわかったら、なんぼか報酬くれへんかな」

「報酬って？」

「あそこが幽霊屋敷やのうなったら、貸すなり売るなりできるさかい、ようさん利益がでまっしゃろ。ちょっとくらい、おすそわけくれてもええんちゃう」

「贅沢《ぜいたく》いっちゃいけない。ぼくたちの報酬は調査結果だよ。何度むだに終わっても、あきらめずに調べ続ける。心霊現象研究協会——SPRのような姿勢が大切なんだ」

「あきらめたら、そこで終わりやもんな。成功するのにもっとも確実な方法は、常にもう一回だけ試してみること、でっか」

「へー、鯨岡くんもたまにはいいこというね」

「エジソンの受け売りでんがな」

結局このふたりは仲がいい。遊馬は何日かまえ、ユーチューブのチャンネルを新たに開設したとはりきっている。まえのチャンネルは誰も見ねえから放置してたけど、と遊馬はいって、

「こんどはバズる気がするっす。ガチで幽霊撮れそうだし」

「みなかみさんの家に夜いくなんて怖すぎるよ。あたしは無理」

　と歌蓮がいった。蒼太郎もまったく同感で、正気の沙汰《さた》とは思えない。いまさらあとにはひけないが、三日後の日曜までに調査が中止になってほしかった。

　憂鬱《ゆううつ》なことがひかえていると時間が経《た》つのが早い。みなかみさんの家へいったら、いつものごとく「やっぱ、やめときゃよかった」と後悔する気がする。けれども調査は中止にならず、たちまち土曜の夜になった。きょうから七月で、テレビのＣＭはすっかり夏の雰囲気だが、ニュースによると関東甲信《こうしん》地方の梅雨《つゆ》明けはまだ先らしい。

　きのうは大学の講義のあと、麻莉奈と狐屋のバイトだった。彼女は防犯カメラが気になるらしく、ひまさえあればスマホを見ていた。

「いつ動体検知の通知がくるかと思ったら、どきどきする。通知があったら、どうすればいいんだろ」

「やっぱ一一〇番でしょ。いま部屋に誰かが侵入してますって」

「幽霊でも一一〇番？」

「んー、幽霊か人間か見わけられる?」

「怖いこといわないで。でも通知がないのに部屋でなにかあったらやだなー」

麻莉奈は不安がっていたが、いまのところ動体検知の通知はないらしい。

蒼太郎は今夜もバイトで、温見《ぬくみ》といっしょの勤務だった。土曜だけに客層はふだんとちがってサラリーマンはすくなく、家族連れやカップルが多い。最近は厨房《ちゅうぼう》の作業に慣れて、忙しくてもそれほどあわてない。顔なじみの客に声をかけられるのはうれしく、接客も苦にならない。卒業後の進路を考えると不安になるが、社会にでて働くことへの恐れはすくなくなった。

温見は国立大の三年生だから、そろそろ就活をはじめるころだ。どんな企業を志望しているのか訊くと、サラリーマンになるつもりはないという。

「オックスフォード大学が発表した論文じゃ、あと十年か二十年で、いまある仕事の半分がAIに奪われるってさ。企業も人件費がかかる雇用より、業務の自動化を求めてる。そんな時代に会社勤めするなんて、かえって不安定だよ」

「AIに奪われない仕事もあると思いますけど」

「組織に縛られたくないんだ。上司の命令に従って定年まですごすより、自分でなにかをはじめたい」

温見は具体的なことは口にしないが、起業を考えているらしい。自分が温見とおなじ大学だったら——と蒼太郎は思った。一流企業に就職して安定を目指すだろう。その点では安心安全がモットーの両親と大差ない。

すごいなあ、と蒼太郎はいって、

「おれは凡人《ぼんじん》だから、そんな冒険できないです」

「たしかに冒険だけど、自分がほんとうにやりたいことをやらなきゃ損だよ。人間どうせ死ぬんだから、好きなように生きないと」

自分がほんとうにやりたいこと、というのがよくわからない。いまの段階では大学生活を充実させたいし、恋愛や遊びもしたい。が、それらはほんとうにやりたいことというより、日常的な願望だろう。温見のように高学歴を棒に振ってまで打ちこめる「やりたいこと」は思いつかなかった。

最後の客が帰ったあと、蒼太郎は温見とカウンターにならんで、狐塚が作ってくれたまかないを食べた。今夜は豚のモツ煮に刻んだ白ネギをたっぷり散らした丼で、モツはもちろんコクのある汁がしみた飯が抜群に旨《うま》い。蒼太郎は丼をかき

こんでから狐塚に礼をいい、

「大将は、若いころから居酒屋をやろうと思ってました？」

「うん。うちは貧乏だったし、おれあ勉強が得意じゃなかったから中学をでて町工場で働いたんだ。で、工場の先輩たちがときどき居酒屋へ連れてってくれるんだけど、そこの料理が旨くてなあ。いつかこういう店をやりてえと思ったのよ」

「かっこいい。おれも大将みたいに、これがやりたいって目標を持ちたいです」

「そいつァいいことだが、自分がやりてえってだけじゃ長続きしねえよ。こういう居酒屋なら、お客を満足させるのが仕事だろ。仕事を通じて世の中の役にたとうと思わなきゃ」

狐塚がそういったとき、カウンターの上でスマホが震えた。相手は麻莉奈だったから急いで電話にでると、彼女はうわずった声でいった。

「映ってた」

麻莉奈は、さっきまで部屋で映画を観《み》ていたが、小腹がすいてコンビニへ買物にいった。十五分ほどでもどってきたら、ローテーブルがひっくりかえっていた。恐る恐る室内を見てまわったが誰もおらず、窓は内側から鍵がかかっていた。ふと思いついてスマホを見ると、動体検知の通知がある。

「コンビニへいったとき、スマホを部屋に置いてきたから、通知に気づかなかったの。なにが映ってるのかと思って再生したら――」

麻莉奈はそこで声を震わせて、

「いま動画送るから観て」

「うん。でも大丈夫？」

電話のむこうで、ぐわしゃッ、と大きな音がした。

「いま防犯カメラが床に落ちて壊れた。もう、この部屋にはいられない」

「えッ」

電話は切れた。かけなおそうとしたら録画した動画が送られてきた。

「どうしたんだィ」

「なにかあったの」

狐塚と温見が訊いた。蒼太郎は手短《てみじか》に事情を話して、

「防犯カメラになにか映ってたみたいです。観てみましょう」

ふたりはスマホの画面を覗《のぞ》きこんだ。再生ボタンをタップしたとたん、背筋に

冷水を浴びせられたような戦慄《せんりつ》が走った。動画はナイトビジョンのモノクロ映像で、髪の長い女ががっくりうなだれて室内に佇《たたず》んでいる。白い服を着た女は、躯《からだ》を左右に揺らしながら防犯カメラに近づいてくると、ゆっくり顔をあげた。と思った瞬間、映像は消えた。

女の顔は見えなかったが、あまりの恐怖に全身の毛が逆立った。温見は隣で眼を見開き、唇をわななかせている。狐塚は大きな溜息《ためいき》をついて、こりゃいけねえ、とつぶやいた。

麻莉奈に電話したが、何度かけてもつながらない。蒼太郎は席を立って、

「心配だから、帰りに様子を見てきます」

店をでて全速力で走った。さっきの映像は、どう考えても本物だ。しかも防犯カメラが床に落ちて壊れたとあっては、ただごとではない。麻莉奈のマンションに着くと、エントランスのインターホンで四〇一号室のボタンを押した。しかし応答はない。マンションからすこし離れたところで建物を見あげたら、四〇一号室の窓は明かりが消えている。

もう、この部屋にはいられない、と麻莉奈はいったから、すでにどこかへいっ

たのかもしれない。蒼太郎はあたりをしばらく走りまわったが、彼女の姿はどこにもなかった。

十二

翌日になっても麻莉奈《まりな》のゆくえはわからなかった。

電話をかけると呼びだし音は鳴らず、電波の届かない場所にあるか電源が入っていないとアナウンスが流れる。ラインも既読にならないので電源を切っているらしい。麻莉奈が心配なうえに動画で観《み》た女の姿が脳裏《のうり》にちらつく。こんなときにかぎって隣の部屋からぶつぶつと女のつぶやき声がして、ほとんど眠れぬまま朝を迎えた。

蒼太郎《そうたろう》は防犯カメラの動画とそれが録画されたときの状況、麻莉奈と連絡がつかなくなったことを書いたメールをオカ研のメンバー全員に送った。

まもなく遊馬《ゆうま》からおびえた声で電話があって、

「これはクッソやべえぞ。麻莉奈は無事なのかよ」

「わからない。部屋にはいないみたいだけど――」

「まいったな。こんなんで、きょうみなかみさんの家にいくのかよ」

続いて鯨岡《くじらおか》から電話があった。

「この動画は、女の動きと背景を見るかぎりフェイクとちゃうな」

「フェイクじゃないってことは、やっぱり本物ですか」

「すくなくとも合成した形跡はない。わいは信じたくないけどな」

オカルト否定派に近い鯨岡がそういうだけに、ますます怖くなった。みなかみさんの家へいくのは中止して、麻莉奈を捜すべきではないか。そう思って万骨《ばんこつ》に電話すると、予定どおりみなかみさんの家へいくという。

「きみは麻莉奈を捜しにいってもかまわないよ」

「どこにいるのか見当がつかないんです。部屋にはいないみたいで電話もつながらないし――」

「ぼくも電話したけど、つながらなかった。怖い思いをしたから、まだとり乱してるのかもしれないね」

「どうしたらいいんでしょう」

「麻莉奈のことは心配だけど、彼女がなにかにとり憑《つ》かれているのなら、その原因はみなかみさんの家にある。麻莉奈を助けるためにも、一連の怪異の原因を突きとめたい」

「会長は、あの動画をどう思いますか」

「いまの段階では、なんともいえない。ただ髪の長い白い服の女といえば、きみや麻莉奈が狐屋《きつねや》で見た女に似てるね」

「そうなんです。動画に顔は映ってないんで、同一人物かどうかはわかりませんが――」

電話を切ったあと、麻莉奈から送られてきた動画をふたたび再生した。がっくりうなだれた髪の長い女が、軀《からだ》を左右に揺らしながらこっちへ近づいてくる。女の背後にはカーテンを開けた窓が映っていて、街の夜景が見える。鯨岡がいったとおり映像は自然で、合成とは思えない。最初に観たときほど怖くなかったが、それでも背筋が寒くなる。動画に映っているのは狐屋にきた女なのか。しかしあの女は幽霊ではなく、生身の人間である。

防犯カメラの動体検知センサーが反応して録画が開始されたのは、麻莉奈がコンビニへ買物にいって部屋にもどってくるまでの十五分ほどだ。そのあいだに部屋に侵入して姿を消すのは、麻莉奈をずっと見張っていて合鍵でもないかぎり、むずかしいだろう。そもそも、そんなことをする理由がわからない。動画に映っていた女は、やはり人間ではないと思った。

その夜、オカ研の男たちは、みなかみさんの家から近い古びた喫茶店に集まった。まえにきたときとおなじく客はすくなく、店内はしんとしている。

麻莉奈とはまだ連絡がつかない。彼女を捜そうにも打つ手はなく、自分だけ不参加なのは卑怯《ひきょう》な気がしてここへきたが、もうすぐあの家へいくと思うと緊張感が増す。不動産会社の社長とは、みなかみさんの家のまえで八時に待ちあわせている。

万骨と鯨岡は大きなリュックを持ってきており、なかにはさまざまな機材が入っていた。ふたりはいつになく真剣な面持ちで赤外線カメラ、温度計、ボイスレコーダー、マグライト、電磁波計、低周波音測定機といった機材を入念にチェックした。鯨岡のTシャツに「捲土《けんど》重来《ちょうらい》」という筆文字があるのも、調査への意気ごみを感じさせる。

遊馬は落ちつきなく貧乏ゆすりをして、

「そういう機材だけじゃ不安っすね。幽霊やっつける武器とかないんすか」

ぼくらは調査にいくんだよ、と万骨がいった。

「幽霊退治をするわけじゃない」

「でも退治しなきゃ、麻莉奈がやばいっしょ」

「遊馬は動画撮るんとちゃうんかい。こんどはバズる気がするって、はりきってたやろ」

「そうっすけど、今回はしゃれになんないかも――」

「ほな悪霊祓《はら》うために、祝詞《のりと》でも念仏でも唱えなはれ」

それはあたしがやる。背後の声に振りかえると、歌蓮《かれん》が立っていた。金髪を後ろにまとめ、修験者《しゅげんじゃ》のような白装束《しろしょうぞく》を着ている。遊馬が眼をしばたたいて、どうしたんだ、その恰好《かっこう》、と訊《き》いた。

「つーか、きょうはこないはずじゃ――」

「そのつもりだったけど、あの動画観たら気が変わったの。相手がどんな悪霊《あくりょう》でも、麻莉奈を苦しめるのは許せない」

「だからって、そんなコスプレすんのかよ」

「コスプレなんかじゃない。うちの店にくるお坊さんを、ママから紹介してもらったの。そのお坊さんのお寺でこの服借りて、お祓いの方法を教わってきた」

歌蓮は眉間《みけん》に皺《しわ》を寄せて、空手みたいなポーズをとった。パワーストーンのブレスの数がやたらに多い。たかが知れてまんな、と鯨岡がいって、

「スナックで呑《の》んでるような坊さんじゃ」

「そんなこといわないの。歌蓮は怖いのを我慢してきたんだから」

万骨がそういって腕時計に眼をやり、そろそろいかなきゃ、とつぶやいた。

五人は喫茶店をでて歩きだした。空は分厚い雲に覆われて月も星も見えない。ひどく蒸し暑い夜で、みんなの顔は汗ばんでいる。みなかみさんの家のまえに黒いベンツが停《と》まっていて、その横でスーツを着た白髪頭の男がタバコを吸っていた。街灯の明かりに浮かんだ顔は厚ぼったくて貫禄《かんろく》がある。男はこっちに気づくと携帯灰皿にタバコの吸い殻《がら》をしまって、あんたたちかい、と訊いた。

「幽霊を調べてるって物好きは」

男は不動産会社の社長で、常石正雄《つねいしまさお》と名乗った。万骨が自己紹介してオカ研の活動を説明すると、常石は彼に鍵をわたして、

「狐塚に頼まれたからきたけど、おれは家に入らないよ」

「どうしてですか」

「なんとなく気分が悪くなるんだよ」

「まえにきていただいた社員のかたも、そういってました」

「だろ。いっとくけど、あんたたちがどうなっても責任は持てんよ」

「わかってます。この家はなぜ、みなかみさんの家と呼ばれてるんですか」

「知らんね。いままでそんな苗字の住人はいなかった」

「この家では、三十年まえに女性が二階で首吊《つ》り、年数不明で男性が練炭《れんたん》自殺、九年ほどまえに女性が服毒自殺したんですよね」

常石は不快そうな表情でうなずいた。万骨は続けて、

「三十年まえに首を吊った女性が最初の住人ですか」

「この家を競売で買ったのは、おれのおやじなんだ。おやじはもう死んだし、いまから四十年以上もまえだから、よくわからんが、最初の住人は失踪《しっそう》したらし

い」

麻莉奈のゆくえがわからないだけに、失踪と聞いて厭《いや》な感じがした。

「じゃあ、おれはもう帰る。鍵は狐塚に預けといて」

常石はベンツに乗りこもうとしたが、あの、と万骨は呼び止めて、

「もうひとつだけ教えてください。前回この家に入ったとき、全員が仏間で異常を感じてるんですが、あそこになにかあるんでしょうか」

「わからん。あんたたちが調べてくれ」

常石が去ったあと、じゃあいこうか、と万骨がいった。

五人は万骨を先頭に、みなかみさんの家にむかった。錆《さ》びついた門扉《もんぴ》を開け、玄関に足を踏み入れると、重くよどんだ空気が全身を包み、カビの臭いが鼻をついた。麻莉奈を捜すのを口実に、ここへこなければよかった。蒼太郎はいまさらのように悔やんだが、霊のたぐいをいちばん怖がる歌蓮が参加したのに弱音《よわね》は吐けない。

リビングと和室を通り、建てつけの悪い引戸《ひきど》を開けて仏間に入った。まえにきたときと同様、室内はひやりと冷たく、じっとり湿った空気が肌にからみつく。

「やっぱり、ここだけ空気がちがう」

歌蓮がつぶやいた。万骨と鯨岡はリュックからだした機材を仏間にセッティングし、なにかを計測しはじめた。機材のライトに、空中を漂う無数の埃《ほこり》が浮かぶ。遊馬はスマホのカメラを周囲にむけているがテンションは低く、うー気持悪い、と繰りかえしている。

「早く帰りてー」

どうしたの、と蒼太郎は訊いた。

「いつもと様子がちがうじゃん」

「きょうはなんか怖い。こういう感じ、はじめてだよ」

鯨岡が機材を見ながら、恐怖ていうのはな、といった。

「いったんツボにはまると神経が過敏になるさかい、どんどん怖くなるねん」

鯨岡がいうとおり、夜ひとりで部屋にいるとき、なにかの拍子《ひょうし》に怖くなると、しだいにそれがエスカレートして、シャワーを浴びたりトイレにいったりするのもためらうことがある。

いまも怖くて神経が過敏になりそうだから、じっとしていられずに室内をうろうろしていると、畳の一部がべこりとへこんだ。どうやら湿気で畳の下が腐っているらしい。万骨にそれをいおうとしたとき、ぎいーッ、とドアが開くような音がした。

「いまのなに？」

歌蓮が眉をひそめた。低周波音測定機を見ていた万骨が顔をあげ、

「玄関のほうから聞こえたね」

「野良猫でもおるんかいな」

鯨岡がそういったら、みしッ、みしッ、と足音がした。この家には自分たち以外、誰もいるはずがない。にもかかわらず、みしッ、みしッ、とまた足音がした。なにかがこっちに近づいてくる。ありえない現象に軀《からだ》が凍りつき、口のなかがカラカラに渇いていく。

遊馬は青ざめた顔でへたりこんだ。そのとき歌蓮が刀を抜くような仕草をすると、二本の指で横と縦に宙を払いながら大声で叫んだ。

「臨《てん》、兵《びょう》、闘《とう》、者《しゃ》、皆《かい》、陣《じん》、列《れつ》、在《ざい》、前《ぜん》、えーいッ」

足音は聞こえなくなり、静寂がもどってきた。

九字《くじ》切りか、と万骨がつぶやいた。万骨によれば、九字とは中国の道教に起源を持ち、修験道《しゆげんどう》や陰陽道《おんみようどう》や密教などを通じて独自の作法となった厄災《やくさい》を祓《はら》う護身の呪文だという。

九字護身法には、さっきの歌蓮のように刀に見たてた二本の指で九字を切る「早九字護身法」、一文字ずつ指で印を結ぶ「切紙九字護身法」がある。

へー、と歌蓮が感心して、

「そんなにくわしく知らなかった。効果あんのかな」

「素人がやると危険だって説もある。問題はそのひとの精神状態だろうね。気が弱ってるときや邪念があるときは、自分が暗示にかかって逆効果になるかも」

「いまのあたしは大丈夫だと思うけど――」

歌蓮がそういいかけたら、引戸のむこうからなにかが飛びこんできて、どさッ、と畳に転がった。一瞬心臓が縮みあがったが、それはキッチンにあった椅子だった。まもなく乱れた足音が遠ざかり、ぎゃははは、と男の笑い声がした。笑い声は複数で、ばたばたと玄関をでていく足音がする。

遊馬が弾かれたように立ちあがり、誰だッ、と怒鳴《どな》った。

「人間なら怖くねーぞ。ふざけやがって」

遊馬は仏間を飛びだしていった。残った四人はぽかんとしていたが、まもなく外から言い争う声が聞こえてきたので、急いであとを追った。

玄関をでると雑草が茂る庭で、遊馬と三人の男がにらみあっていた。三人とも垢《あか》抜けた服を着て、はたちくらいに見える。マッシュルームカットでアイドルみたいな顔だちの男がまえに進みでて、

「なにキレてんだよ。この家キモいから、ずっと気になってたんだ。さっきまえ通ったら、あんたらが入っていくのが見えたんで、あとをつけたのさ」

勝手に入ってくんなよ。遊馬が険しい表情でいった。

「椅子なんか投げこみやがって」

「ちょっとからかっただけさ。どうせ肝試《きもだめ》ししてたんだろ」

「肝試しじゃねーよ」

「じゃあ、なにやってたんだよ。おかしな呪文唱えたりして」

「おれたちは、不動産会社に許可をもらって入ってるんだ」

「んなこと、どーでもいい。この家で、なにしてたのか訊いてんだよ」

幽霊の調査、と歌蓮がいった。

「あたしたちオカルト研究会だから」

ぶはッ、とマッシュ男は吹きだして、

「あんたら子どもかよ。幽霊なんているわけねーじゃん」

ほかのふたりもいっせいに笑った。ふざけないで、と歌蓮はいって、

「この家はガチでやばいんだから」

「わかったわかった。ところで大学どこ？」

「冥國《めいこく》大だけど」

「ふーん、おれたちは利功《りこう》大」

マッシュ男は有名私立大学の校名を口にした。遊馬が鼻を鳴らして、

「それがどうした。大学くらいでイキんなよ」

「冥國大って、ほぼほぼFランじゃん。だから幽霊なんか信じてるんだ」

マッシュ男はげらげら笑った。ぷぎーッ、と鯨岡が叫んで、

「信じてるんとちゃうわ。調べてるだけや」

「冥國大じゃ、どうせ就職もできない。いまのうちに幽霊と遊んどきな」

「ざけんなよ、こらッ」

遊馬が声を荒らげてマッシュ男に詰め寄った。

「よしなよ。相手にするな」

と万骨がいった。マッシュ男はにやにやしながら遊馬の胸ぐらをつかんで、

「やんのか、おい。おれはフルコン空手三段だぞ」

「るせえ。おれは英検四級だッ」

遊馬はマッシュ男の腕を振り払うと、てのひらで胸を突いた。軽く突いたようにしか見えなかったが、マッシュ男は尻餅をついて大声でわめいた。

「ぼぼぼ、暴力だあ。け、警察に通報してッ」

あまりの弱さにあきれていると、連れの男がスマホを手にして警察に電話しはじめた。警察沙汰《ざた》にするようなことではないから止めようとしたが、連《つ》れの男はいうことを聞かず、もうひとりはこっちにスマホのカメラをむけて撮影をはじめた。マッシュ男は地面に倒れたまま、痛い痛いとわめき続けている。

まもなく自転車に乗った制服姿の警官がふたりやってきた。ひとりは二十代後半くらいで、もうひとりは四十代に見える。マッシュ男は大げさに顔をゆがめて

立ちあがると、遊馬を指さして、

「このひとにいきなり突き飛ばされたんです」

「なにいってんだ。先に胸ぐらつかんできたのは、そっちだろうがッ」

遊馬はマッシュ男につかみかかろうとして、警官たちに制止された。ふたりの警官はその場にいた全員から氏名、年齢、住所、大学と学部などを聞き、トラブルのいきさつを訊《たず》ねた。オカ研の五人は事実を話したが、マッシュ男たちは遊馬から一方的に暴力をふるわれたと主張した。

年配の警官は困惑した表情で、

「どっちのいいぶんが正しいのか判断がつかないけど、見たところ怪我《けが》はないようだし、仲なおりしたらどうかね」

冗談じゃないッ。マッシュ男が叫んだ。

「ものすごく腰が痛いから骨にヒビが入ってるかも。病院で診察受けて被害届をだします」

「あんたが勝手に転んだんでしょ。なにが被害届よ」

と歌蓮がいった。マッシュ男は警官たちにむかって、

「ぼくらは利功大だけど、このひとたちは冥國大ですよ。どっちを信じるんですかッ」

「きみが先に胸ぐらをつかんだのなら暴行罪にあたる」

年配の警官はそういって道路のむこうを指さすと、

「あのへんに街頭防犯カメラがある。きみたちが映ってるかもしれないから調べてみようか」

マッシュ男はふて腐れた表情になって、

「ぼくが胸ぐらをつかんだとしても、突き飛ばすのは過剰防衛ですよ」

といったが映像を調べろとはいわなかった。年配の警官はよけいな仕事が増えずにすんだからか、ほっとした顔で、さあさあ、といった。

「みんなもう帰りなさい。このへんはひと気がすくないから夜は物騒だよ」

十三

ずっと寝不足とあって社会学の講義は、猛烈に眠かった。ほとんどの学生がどんよりした顔つきなのに、渋智《しぶち》は溌剌《はつらつ》としゃべり続けている。

「もうすぐ中間テストだが、前期の単位はこれで決まる。ぼくの講義はあとになるほど単位がとれなくなるから、いまが肝心だ」

けさは本降りの雨で、大学までくるのは鬱陶《うっとう》しかった。講義がはじまるまえ、麻莉奈《まりな》がこないかと期待したが、やはり欠席で連絡もとれない。歌蓮《かれん》と遊馬《ゆうま》はまた遅刻したうえに、もう居眠りしている。

蒼太郎《そうたろう》はきょうも太ももをつねって眠気をこらえつつ、ゆうべのことを思いかえした。警官に解散をうながされたせいで、みなかみさんの家の調査は中途半端に終わった。五人は帰りにファミレスに寄ったが、心霊的なことよりもマッシュ男の話で盛りあがった。

おれのケンカ史上、最弱の奴《やつ》だったな、と遊馬がいって、

「でも嘘は最強クラス。おまわりさんがだまされたら、おれが捕まってたわ」

「マジ最低よね。あんなときに学歴マウントとってくるなんて」

と歌蓮がいった。鯨岡《くじらおか》がぐふふと笑って、

「フルコン空手三段て、なんやったんやろ。フルチン空手のまちがいちゃう？」

「笑える。英検四級でイキるのも珍しいけど」

「漢検四級でイキるのと、どっちがよかった？」

「どっちも中二レベルじゃん」

「会長もいうたったらよかったのに。おれの高校は偏差値七十八やて」

「どうでもいいよ、そんなこと。それより、ぼくが玄関の鍵をちゃんとかけてれば、あんな奴らは入ってこなかった」

「え？　会長は鍵かけてたやんか。わいはまちがいなく見たで」

「あたしもそんな気がする」

「んー、記憶にないけど――じゃあ、あいつらが鍵をこじあけたのかな」

「幽霊じゃね？」

遊馬がそういったら歌蓮がぱちんと手を叩《たた》いて、わかった、といった。

「幽霊が調査の邪魔するために玄関の鍵あけて、あいつらを呼び寄せたのよ」

「簡単に決めつけちゃいけない。どんな現象も徹底的に疑うSPRの姿勢を見習わなきゃ」

「そういえば仏間の畳、踏んだらへこむところがありました」

と蒼太郎がいった。万骨《ばんこつ》はうなずいて、

「あの家は湿気が多いから、畳の下が腐ってるのかもね」

「なんで湿気が多いんだろ」

「土地のせいじゃないかな。まだはっきりいえないけど、調査の収穫はそれなりにあった。あの家に入ると気分が悪くなるのも、土地が原因だと思う」

「土地ってことは、やっぱ鬼門《きもん》だから？」

歌蓮が訊《き》いたが万骨は答えず、みなかみさんの家の鍵を蒼太郎にわたして、

「バイトのとき、狐塚《きつねづか》さんに預けてもらえるかな。本来はぼくがいくべきだけど、調査結果の分析に集中したいんだ」

ファミレスをでて帰る途中、麻莉奈のマンションに寄ってみたが、窓の明かりは消えていた。やはり彼女は部屋にいないようだった。

なにも頭に入らないまま、社会学の講義がようやく終わった。席を立とうとしたら、渋智に大声で呼び止められた。歌蓮と遊馬も教卓のまえに呼ばれたから成績のことかと思ったが、渋智は育ちのよさそうな顔をしかめて、

「きみたちはゆうべ心霊スポットへ肝試《きもだめ》しにいって、利功《りこう》大の学生とトラブルになったそうだな」

なぜそれを知っているのだろう。三人が顔を見あわせると渋智は続けて、

「けさ利功大の学生の母親から、学生部に電話があった。うちの息子がオカルト研究会の男に暴行されたってね。きみたちは、いったいなにをやってるんだッ」

利功大のマッシュ男が母親にいいつけたのだ。蒼太郎は憤りをおぼえて、

「肝試しじゃありません。オカ研として民家の調査にいったんです」

「あたしたちは不動産会社の許可をもらってたのに、あいつらは勝手に入ってきて、いたずらを仕掛けて――」

「相手が先におれの胸ぐらをつかんだんす。それを払いのけただけなのに、そいつはオーバーに転びやがって――」

三人は口々に事情を説明したが、渋智は聞く耳を持たず、

「細かいことはべつにして警察沙汰《ざた》になったんだ。大問題じゃないか」

「おまわりさんはきたけど、警察沙汰にはなってません」

蒼太郎がそういうと渋智はかぶりを振って、

「保護者から苦情がきた以上、学生部長として見逃すわけにはいかんよ。万骨くんと鯨岡くんには、このあと話を聞くけど、オカルト研究会はひとまず活動停止だね」

「そんな――」

「まえにもいっただろ。なにか問題を起こしたら、ただちに活動停止の処分を科すって。それと文月《ふづき》くんは、なぜ休んでる？」

　ほんとうの事情はいえないから、わかりませんと答えた。

「彼女もオカルトなんかにかぶれたせいで、勉強に身が入らないんじゃないか。ほかの学生への影響を考えて、サークルの廃止も検討する。万骨くんと鯨岡くんとは、しばらく連絡をとらないように」

　渋智が教室をでていったとたん、シブチンの野郎ッ、と遊馬が叫んで、

「ひとの話はぜんぜん聞かねえで、なにが活動停止だよ」

「マジ頭くる。なんでフルチン空手の味方して、あたしたちを悪者あつかいすんの。バッカじゃね」

「御子神《みこがみ》先生に相談しようよ」

三人は昼休みに大学内を駆けずりまわり、空き教室の机で居眠りしていた御子神を見つけた。無理やり揺り起こして、いままでのことを話したが、御子神はあくびを嚙《か》み殺すと、

「気にせんでよか。渋智の小僧は、はじめからオカ研を目の敵《かたき》にしとるから、ぎゃあぎゃあ騒ぐが、なんもできやせん」

「でも廃止を検討するっていうんすよ」

「非公認サークルに廃止もクソもあるか。もし廃止されたら、おばけ同好会とか不思議クラブとか名前を変えりゃいい」

「そういうわけにもいかないっしょ。会長のプライドもあるし」

それと麻莉奈が心配なんです、と蒼太郎はいってスマホで防犯カメラの動画を再生した。御子神は動画を観《み》てから首をひねって、

「この女がなんなのかはわからん。が、彼女が怖い目に遭《お》うたのはたしかやろ。そのショックで精神的に不安定になったのかもな」

「精神的に不安定なら、よけいに心配です。麻莉奈はどこにいるんでしょう」

「もしかすると実家に帰ったんやないか」

「それならいいですけど──」

彼女の無事を確認しようにも、実家の住所や電話番号がわからない。蒼太郎がそれをいったら御子神はあくびをして机に突っ伏《ぷ》すと、

「わしも実家のことは知らん。学生部にいうて確認してもらおう」

空き教室をでてから、御子神先生はのんびりしてるよな、と遊馬がいった。

「いますぐ動いてくれたらいいのに」

「麻莉奈は、彼氏のところにいるってことはないかな」

彼氏って誰？　歌蓮が訊いた。わからないけど、と蒼太郎はいって、

「遊馬はまえにいってたよね。だいたい見当がついてるって」

「うん。でも、ちがう気もしてきた」

「誰だと思ってたの」

「まあいいじゃん。変な噂《うわさ》がたったら麻莉奈に悪いし。だいたい麻莉奈が怖がってるのに守ってやらねえくらいだから、あんま仲よくないのかも」

「いっそのこと警察に相談しようか」

と蒼太郎がいった。それはやばいよ。歌蓮が眉を寄せた。

「警察が大学に問いあわせたら、またシブチンが大騒ぎしてオカ研は廃止になっちゃう。麻莉奈が実家に帰ってたら、ひとまず安心だし」

「でも、まえに会長がいったように麻莉奈自身がとり憑《つ》かれてるなら、実家に帰っても怪異はおさまらないんじゃない？」

「麻莉奈は、ぜってーなにかにとり憑かれてる。なんとかして、力のある霊能者を探さなきゃ」

「あたしの九字切りじゃ効き目なさそうだもんね」

ふたりはノリが軽いけれど、麻莉奈のことを真剣に案じている。特にゆうべの歌蓮は怪しい足音にもひるまず、九字切りをした姿は見事に決まっていた。麻莉奈への好意は変わらないものの、歌蓮にも惹《ひ》かれる自分が移り気に思えた。

　蒼太郎は講義が終わったあと、マンションに帰ってひと眠りした。のんきに寝ている場合ではないが、今夜もバイトだし疲れが溜《た》まって頭が働かない。しばらくベッドで横になっていると、いくらか気分がましになった。麻莉奈のスマホは、あいかわらず電源が入っていないか圏外だというアナウンスが流れる。

その夜、バイトにいこうとしてマンションをでたら、大きな丸顔の中年女にばったり会った。もう雨はやんだのにレインコートを着ている。以前ゴミの集積所で会ったとき、自分が麻莉奈のことで悩んでいるのを女はいいあてて、

「その女性には、悪い霊が憑いてますよ」

といったのだ。女はこっちを見て足を止めたから、思いきって訊いた。

「あの、あなたが悪い霊が憑いてるっていった女性がいたでしょう」

「はい」

「彼女が行方不明になったんです」

「それも霊の仕業です」

「彼女を見つけて悪霊を祓《はら》うには、どうしたらいいんでしょう」

「あなたたち一般人では無理です。先生にお願いしないと」

「先生？」

「近くにいらっしゃいます。いまからご案内しましょうか」

「すみません。今夜はちょっと時間がなくて」

「じゃあ、ここへきてください」

女はレインコートのポケットを探り、名刺をさしだした。

名刺には「深層真理研修所　指導員　生木千鶴子《なまきちづこ》」とあり、所在地はこの近くだった。生木という女は続けて、

「わたしたちはボランティア団体です。お金はいっさいかかりません」

団体の名称は怪しげだが金はかからないというし、名刺の裏には全国各地の支部がずらりと書いてあるから信用できるかもしれない。蒼太郎は名刺を財布にしまい、生木に頭をさげると狐屋《きつねや》へいった。

夕方まで雨が降ったせいか、客はすくなかった。蒼太郎は狐塚にみなかみさんの家の鍵を預け、麻莉奈のゆくえがわからないことを話した。

「まだバイトにこられないと思うので、麻莉奈のシフトはぼくが入ります」

「無理しなくていいよ。梅雨《つゆ》が明けるまでは、そんなに忙しくねえから」

「ぼくもシフト増やすから大丈夫だよ」

と温見《ぬくみ》がいった。蒼太郎はふたりに礼をいい、

「麻莉奈は、無断でバイト休むような性格じゃないから心配です」

「若いころは、誰とも話したくないときがあるもんだ。あんまり騒がずに、そっ

としておいたほうがいい」

と狐塚がいった。でも、と温見がいって、

「あの動画がありますからね。ほんとに幽霊がでたのならパニックになると思います。早く居場所を見つけたほうが――」

「そりゃそうだが、どうやって捜す」

「部屋にいる可能性はないの」

温見が訊《き》いた。たぶんいないと思います、と蒼太郎はいって、

「ゆうべマンションに寄ったら、窓の明かりが消えてましたから」

「ところで幽霊屋敷はどうだった」

狐塚が訊いた。調査の途中で利功大のマッシュ男たちとトラブルになったことを話したら、狐塚は額に青筋を立てて、ひでえ話だな、といった。

「そういう奴《やつ》ァ、いい会社に入りたいとか、ひとを見下したいとか思って、好きでもない勉強して大学に入ったんだろ。くだらねえ連中さ」

「それでも利功大に入れるのは、すごいと思います。利功大より偏差値高い大学なのに、それをぜんぜん鼻にかけない温見さんは、もっとすごいけど」

「ぼくなんかだめさ。中高生までは自分が優秀だと思ってたけど、大学じゃ落ちこぼれだよ。まわりはマジで頭いい奴ばかりだから」

温見が就活をしないのは、それが原因なのか。高偏差値の大学に入っても、それなりの苦労があるらしい。冥國《めいこく》大はのんきでいいけれど、そのぶん就活は大変になりそうだった。

翌日も講義はうわの空で、麻莉奈のゆくえを考えていた。

休み時間に御子神を捕まえて、彼女が実家に帰っていないか訊いたら、

「学生部の職員が保護者への伝達事項を理由に、実家に電話した。電話にでた母親としゃべったが、麻莉奈が帰った様子はないというとった」

実家にいないとなると、麻莉奈はどこにいるのか。遊馬はなぜか欠席しており、ラインを送っても既読になるが返信はない。いわゆる既読スルーだ。

昼休みは歌蓮とふたりで学食にいった。

蒼太郎は食欲がなくカレーを半分ほど残して、

「まさか遊馬までおかしくなったんじゃないよね」

「幽霊もとり憑く相手を選びそうだけど、このあいだは怖がってたから心配」

「みなかみさんの家でだろ。あれは誰だって怖いよ。でも歌蓮はすっげえ気合入ってて、かっこよかったよ」

「ありがと。あのときは無我夢中だっただけ」

マツエクのぱっちりした眼で見つめられて胸がどきどきした。照れくささに眼をそらすと歌蓮は溜息《ためいき》をついて、困ったなあ、といった。

「シブチンは会長と鯨岡さんとしばらく連絡とるなっていったけど、あたしただけじゃ麻莉奈を見つけられないよね」

「うん。会長と鯨岡さんがシブチンになんていわれたかも気になる」

「じゃ会長にラインしてみる」

歌蓮はスマホを手にした。まもなく返信があったらしく彼女は顔をあげて、

「今夜うちにおいで、だって。でも、きょうはママの店手伝うのよね」

蒼太郎いってきて、といわれて、しぶしぶうなずいた。きょうは狐屋のバイトを休んでいいといわれたから時間はあるが、万骨の部屋へいくのは気が進まない。まえの住人が首を括《くく》ったという鴨居《かもい》や一部だけ新しい畳を思いだすと、皮膚《ひふ》

がぞわぞわする。けれども外で万骨に会えばひと目につくから、やむをえない。

その日も夜から雨になった。

昼食は残したのにまだ食欲はなく、自分の部屋でカップ麺だけの夕食をすませた。マンションをでて万骨のアパートへむかっていると、スマホが鳴った。相手は遊馬だったから商店の軒下《のきした》に雨《あま》やどりして電話にでると、

「ずっと作業してて連絡できなかった。いまどこにいる」

「会長の部屋へむかってる」

「じゃ、おれもいくわ」

作業とはなにか気になったが、元気な様子に安堵《あんど》した。

ひさしぶりに見る万骨のアパートは、天気のせいもあっていつも以上に陰気だった。タバコの焼け焦《こ》げだらけの階段をのぼり、裸電球がともった薄暗い廊下を通って塗料の剝《は》げかけたドアを開けた。

万骨は和室のちゃぶ台でノートパソコンにむかっていた。まわりにはたくさんの本や書類が散らばって足の踏み場もない。和室の隅には、みなかみさんの家を

調査したときの赤外線カメラや電磁波計や低周波音測定機といった機材がある。

「やあ、きたね」

万骨はノートパソコンから顔をあげて微笑した。蒼太郎は畳に散らばった本や書類をどけて腰をおろすと、室内を見まわした。

「あいかわらず怖い雰囲気ですね」

「そうかな。慣れればなんともないよ」

「会長はみなかみさんの家でも平気そうだったけど、怖くないんですか」

「怖くないわけじゃない。ただ好奇心のほうがまさってる」

ふと万骨はオカルト以外に好奇心があるのか気になった。いくぶん病的な印象はあるが、色白で整った顔だちだけに女子にはモテるはずだ。にもかかわらず、彼女の噂を聞いたことがない。

「あの、変なこと訊いてもいいですか」

「変なことって？」

「会長って、つきあってる子はいないんですか」

「いまはね」

「じゃあ、まえはいたんですね」

「うん。そんなことより——」

万骨は彼女のことはしゃべりたくないのか話題を変えて、

「シブチンはやばいよ。オカ研は学生に悪影響をおよぼすっていって、潰《つぶ》しにかかってる。御子神先生も辞めさせようと画策してるみたい」

「シブチンはまえもいってましたね。御子神先生のことが教授会で問題になってるって」

「問題にしたいのさ。シブチンは学長のポストを狙ってるから、邪魔者は排除したいんだろ」

「シブチンが学長になったら最悪ですよ。あいつのお気に入りの教授や講師ばかりになって、いまより講義がつまんなくなりそう。こんな勉強してなんの役にたつのって感じで——」

「冥國大にかぎらず、どこの大学も実社会との乖離《かいり》が問題になってる。昔はほんとうに勉強したい学生だけが大学に進んだそうだけど、いまは学歴を得るためか就活のためだろ」

「このあいだのマッシュ男みたいに、学歴マウントとるためとか」

「そう。なにかを突き詰めて研究する姿勢がないと、教える側も教わる側もレベルがさがっていく」

「会長はオカルトを突き詰めて研究してますよね」

「大学とは関係ないし、無謀《むぼう》な研究だけどね」

「でも会長はこのまえ、調査の収穫はそれなりにあったと——」

「うん。みなかみさんの家のむこうには、まず首都高の高架がある。そして隣は金属部品の工場で、裏手には公園があって——」

万骨がそういいかけたら玄関のドアが開いた。一瞬身を硬くしたが、おいっす、という声に力が抜けた。遊馬は笑顔で部屋に入ってくると、ちゃぶ台のまえであぐらをかいた。作業ってなんだったの、と蒼太郎は訊いた。

「ユーチューブに、あの動画をアップしてたんだよ」

「あの動画って、もしかして麻莉奈の部屋の？」

「そうそう。タイトルやコメント考えるのに思ったより時間がかかった」

みなかみさんの家へいくまえ、遊馬はユーチューブのチャンネルを新たに開設したといっていた。けれども防犯カメラに映った女の映像をアップするとは思わなかった。あれはまずいんじゃない？　と蒼太郎はいった。

「麻莉奈から送られてきたのはたしかだけど、彼女の許可はもらってないじゃん。いくら再生回数を増やしたいからって――」

「そんな目的じゃねえってば。会長、いまユーチューブのURL送るからパソコンで再生してもらっていいすか」

万骨はうなずいてノートパソコンで動画を再生した。チャンネル名は「ユーマの心霊ちゃんねる」で、冒頭に「みなさんにガチのマジで相談があります」と大きなタイトルがあらわれた。続いて大学のオカルト研究会で、幽霊がでるといわれる事故物件の家へいってから、同級生が怪異に見舞われ、部屋に防犯カメラを設置すると留守中に不可解な映像が映り、彼女とそれ以降連絡がとれなくなったとテロップが流れた。そのあと「心霊映像が映ります。ご注意ください！」と大きなテロップがでてから、防犯カメラに映った女の映像が流れた。

動画の最後と概要欄に「彼女を助けるために、どうすれば怪異を止められるか知りたいんです。お祓《はら》いや除霊の方法、信用できて力のある霊能者をご存知のかたはコメント欄に投稿してください」とあった。再生回数はまだ十三回だが、遊馬はSNSやメールであちこちに宣伝しているという。

万骨は動画を止めると渋い表情になって、

「ちょっと早まったかもね」

「どうしてっすか。釣りだと思われるから？」

「そうじゃない。この動画の女が幽霊じゃなかった場合だよ」

「えッ」

「動画に映っているのが侵入者だったら、これを観て防犯カメラの存在に気づく。侵入者は警戒して行動をひかえるから、犯人の特定が困難になる」

「会長は――あの女は幽霊じゃないと思ってるんですか」

蒼太郎が訊いた。いや、と万骨はいって、

「その可能性もある、というだけさ」

「麻莉奈がコンビニへいった十五分くらいのあいだに侵入して、彼女が帰ってくるまえに部屋をでるのはむずかしいと思います。それに麻莉奈と最後に電話で話したとき、防犯カメラは床に落ちて壊れたといってましたから、犯人がまた侵入しても撮影はできないんじゃ――」

「そうなんだけど、なにかひっかかる」

なんでだめなんすか。遊馬は唇を尖《とが》らせた。

「役にたつ情報が集まるかもしれないっしょ」

「ネットは善意ばかりじゃない。むしろ善意を装った悪意のほうが多い」

「そのくらいわかってますよ。だから実名はぜんぶ伏せてるじゃないすか。おれは麻莉奈を助けたい一心でやったのに――」

「遊馬の気持はわかる。でも――」

「もういいっす。おれがやることは、ぜんぶだめっすから」

遊馬はいきなり立ちあがって足音荒く玄関をでていった。心配になって万骨に眼をやると無言でうなずいた。蒼太郎は急いで部屋をでて、あとを追った。

十四

昼休みを告げるチャイムが鳴り、学生たちがぞろぞろと教室をでていく。きょうの講義は午前中で終わりである。遊馬《ゆうま》はまた欠席していて連絡がとれない。

蒼太郎《そうたろう》は教室に残って、ゆうべのことを歌蓮《かれん》に話した。雨のなかを走りまわったが遊馬は見つからず、あきらめて万骨《ばんこつ》の部屋にもどった。

「遊馬はいませんでした。いい奴《やつ》だけど、ときどき短気起こすのが困りますね」

「いや、ぼくも頭ごなしにいいすぎた」

「そんなことないですよ。遊馬はあの動画をアップするまえに、みんなに相談したほうがよかったと思います」

「しょうがないよ。遊馬も麻莉奈《まりな》が心配で焦《あせ》ってたんだろう」

万骨は沈んだ表情でいった。それから会話は弾まず、蒼太郎は帰宅した。歌蓮はスマホで「ユーマの心霊ちゃんねる」を観《み》て、

「すごいじゃん。再生回数が二千三百もある」

蒼太郎は驚いて彼女のスマホを覗《のぞ》きこんだ。ゆうべ観たときの再生回数は十三回だったのに、こんなに増えるとは思わなかった。

コメント欄には「釣り乙www」とか「ヤラセヤラセ」とか「はい嘘松」とか否定的な投稿が多い。なかには「これはガチ」とか「やばすぎ」とか「気分が悪

くなりました」といった真剣に怖がっている投稿や、お祓《はら》いや除霊の方法を書いたり霊能者の紹介をしたり好意的な投稿もある。歌蓮はそれらに眼を通して、

「参考になるってほどじゃないね。とにかく麻莉奈を早く見つけなきゃ」

「連絡がとれなくなって、もう四日目だよ。シブチンにばれたらやばいけど、やっぱ警察に連絡したほうがいいんじゃない？」

「うん。でも、あたしたちで決めるわけにはいかないし――」

歌蓮はそういいかけてから、あッ、と大声をあげて、

「会長のパパって、たしか警官でしょ」

「そうだ。すっかり忘れてた」

「ただ会長は、パパとぜんぜん話があわないっていってたよね」

蒼太郎はうなずいた。二年も留年したうえにオカルトを研究するようでは、父親と話があうほうがおかしい。歌蓮は続けて、

「パパと仲悪いから話しづらいのかも。事故物件へ調査にいって、後輩の女の子が霊にとり憑《つ》かれたなんていえないっしょ」

「だとしても、こんな状況だから相談したほうがいいよ。霊のことは伏《ふ》せとい

て、麻莉奈のゆくえがわからなくなったことだけ話したら――」

「そうね。それなら大丈夫な気がする」

蒼太郎はスマホを手にすると万骨に電話した。昼休みとあって電話はすぐにつながった。父親に頼んで麻莉奈を捜せないか訊《き》くと、

「彼女のことは心配だけど、事件性があるとはいえない。麻莉奈はきみと電話で話したとき『もう、この部屋にはいられない』っていったんだよね。つまり自分の意思で、みんなと連絡を絶った可能性が高い。もうすこし様子見ようよ」

無理強《じ》いもできず電話を切ったが、万骨にしては歯切れが悪かった。歌蓮にいまのやりとりを伝えると、やっぱパパが苦手だからかな、といった。

「遊馬も連絡とれないし、どうなっちゃうんだろ」

「なんかテンションさがるよね」

「うん。気晴らしにカラオケでもいこっか」

「いきたいけど、今週はずっとバイト。麻莉奈のシフトに入るから」

雨は降っていないが、空は雲に覆われ湿度が高い。大学をでて歌蓮と別れたあとマンションの近くまで帰ってきたら、生木千鶴子《なまきちづこ》という女のことを思いだし

た。麻莉奈を見つけて悪霊を祓うには、先生にお願いするしかないと生木はいった。むろんあてにはならないが、だめもとでいってみる気になった。

生木の名刺は財布のなかに入っている。蒼太郎はスマホに所在地を入力すると、地図を見ながら歩きだした。目的地には二十分ほどで着いた。そこは二階建ての大きな民家だったが、看板に深層真理研修所と書かれている。

恐る恐る門柱のインターホンを押すと、すこしして生木が走りでてきた。いつもとちがって白い着物姿の生木は微笑して、

「きょう、あなたがくると思ってました。さあ入ってください」

有無をいわさず玄関へ案内された。スニーカーを脱いでスリッパに履《は》きかえ、生木と廊下を歩いた。板張りの廊下は磨きあげられてチリひとつない。

「こっちへどうぞ」

生木は足を止めると、孔雀《くじゃく》の絵が描かれた金色の襖《ふすま》を開けた。とたんに眼をみはった。広い座敷に、生木とおなじ白装束の男女がぎっしり座っている。

みなさあん、と生木が声を張りあげて、

「先生のお導きで、新しい研修生がお見えになりましたッ」

新しい研修生とはなんなのか。そんなものになったつもりはない。眼をしばたたいていると、座敷を埋めた男女はこっちにむかって満面の笑みを浮かべ、いっせいに拍手した。割れんばかりの拍手はいつまで経《た》っても鳴りやまず、額に汗がにじんできた。

生木はクリップボードにはさんだ書類とペンをさしだして、

「さあ、これに必要事項を書いて」

その書類には研修申込書と書かれ、住所氏名や年齢職業、電話番号を記入する欄があった。これはやばい。マジでやばい。一刻も早く、ここをでるべきだ。まだ拍手は続いている。早く書いて、と生木はいって、

「みなさんにあなたを紹介するから」

「そ、そのまえに、ト、トイレにいきたいんですけど——」

足踏みをしながらそういったら、こっちよ、と生木は先に立って歩きだした。次の瞬間、蒼太郎は玄関へむかって転がるように走った。

今夜のバイトは、いつもより長く感じた。このところ寝不足で食欲もないから

厨房《ちゆうぼう》の業務や接客に力が入らない。しかもきょうは深層真理研修所を飛びだすと、息があがるまで走り続けたせいで軀《からだ》がしんどい。幸い誰も追ってこなかったが、あれは宗教団体だろう。うっかり研修申込書にサインしたら、その場で信者にされたかもしれない。

客がいないときに深層真理研修所のことを狐塚《きつねづか》にいったら、

「そりゃ新興宗教だろ。そんなもんに関わったら、大金をむしりとられるぞ」

「たぶんそうなんでしょうね。おれを誘ったひとは、ボランティア団体だといってましたけど」

「ボランティアで働けってことさ。ああいう宗教団体は、信者に経典とか壺《つぼ》とかを何百万何千万で買わせるんだよ。このあいだもニュースでやってただろ」

「おれも怪しいなとは思ったんです。ただ、その女のひとにいろんなことをいいあてられたんで、麻莉奈のゆくえもわかるかなと思って――」

遊馬の動画のことを口にしたら、それはまずいね、と温見《ぬくみ》がいって、

「霊能者を見つけたい気持はわかるけど、ユーチューブに動画をアップするのは考えものだな。変な奴がからんできたら面倒だよ」

「遊馬も悪気はないんです。麻莉奈を本気で心配してるだけで」

「それにしても彼女はどこにいるんだろ」

「実家にも帰ってないから、すごく心配で――」

「あの子は彼氏いないの」

「本人はいるっていってました。でも、たまにしか会えないって」

「じゃあ彼氏のところにいるのかもね」

「だったらいいんですが、彼氏が誰なのか、みんな知らなくて――」

「やばい奴だったら困るね。それこそ新興宗教とか」

「麻莉奈はまじめだから、そういうのにひっかからないと思いますけど――」

「まじめだから、かえってあぶないんじゃない？」

そのときガラス戸が開いて、髪の長い痩《や》せた女が入ってきたので温見と顔を見あわせた。あいかわらず眼つきが鋭く、今夜は黒いワンピースを着ている。この女がまえにきたとき、麻莉奈は気分が悪くなりトイレで吐《は》いたのだ。女はカウンターの椅子にかけ、ウーロン茶とだし巻き卵と冷奴《ひややつこ》を注文した。いつも酒は呑《の》まず、注文はわずかだ。

麻莉奈の部屋の防犯カメラに映っていたのは、もしかしてこの女ではないのか。ナイトビジョンのモノクロ映像の、がっくりうなだれた女に似ている気がする。ひそかに観察したかったが、まもなく団体客がきて、そんな余裕がなくなった。仕事が一段落してカウンターに眼をやると、女はもう帰っていた。

「さっきのひとって、なんなんでしょう」

「あいかわらず気味が悪いね。誰ともしゃべらないし、料理もちょっとしか注文しない。どうしてこの店にくるんだろ」

温見と小声で話していたら、狐塚がじろりとこっちを見た。客のことを詮索《せんさく》すると叱られそうだから口をつぐんだが、さっきの女といい生木千鶴子といい、存在自体がオカルトめいている。

バイトを終えて帰る途中、髪の長い痩せた女のことが気になって麻莉奈のマンションに寄ってみた。インターホンを押しても返事はなく、窓の明かりも消えていた。あきらめて歩きだしたら、通りのむこうにコンビニのレジ袋をさげた鯨《くじら》岡《おか》がいた。このへんで鯨岡を見かけたのは、これで三回目だ。なんとなく声をかけるのがためらわれて、そのまま通りすぎたが、なんの用があってここまでくるのか疑問だった。

　自分の部屋に帰ると、歌蓮からラインが送られてきて「遊馬がアップした動画、めっちゃバズってる」とあった。再生回数は二十万回を超えている。これほど急に再生回数が増えたのは、誰か有名なインフルエンサーがとりあげたのかもしれない。コメント欄は投稿で埋まっているが、肯定派と否定派の論争で荒れており、参考になる意見は見あたらなかった。

　蒼太郎は疲れをおぼえてベッドに横たわった。

　中間テストが迫っているのに勉強はまったく手につかず、焦りが湧く。麻莉奈のゆくえがわからないかぎり、落ちつけそうもないが、ちゃんと睡眠をとらなければあしたに差し支える。とりあえず眠ろうと目蓋《まぶた》を閉じたとき、隣の部屋からぶつぶつと女のつぶやく声が聞こえてきた。オカルトめいた女は、ここにもいた。蒼太郎は溜息《ためいき》をついて何度も寝返りを打った。

　翌日は文芸創作の講義があった。

　御子神《みこがみ》は、中間テストとして提出する八百字の小説について語った。

「小説を書くまえに、まずプロットを書く。プロットとはストーリーを要約したもので、小説の設計図にあたる。あらすじと似とるけど、あらすじは読者へむけた宣伝やから要点だけでええし、結末は書かん。それに対してプロットは自分のために書く。ストーリーを組み立てるまえに全体の流れをまとめるのが目的で、起承転結をしっかり書く」

御子神の話を聞きながら教室を見わたしたが、麻莉奈はもちろん遊馬も欠席だ。けさ「ユーマの心霊ちゃんねる」を確認すると、再生回数は三十万回近くまで増えていた。

「小説を書くうえでプロットは必須ではない。プロットを書かん作家もおるし、今回のように短い小説ならプロットなしでも書けるやろう。しかし登場人物やストーリーを把握するために、書きかたは知っておいたほうがええ。プロットどおりにいかず、自分でも予想せんかった展開になるのが理想やからの」

女子のひとりが、はい、と手をあげた。

「さっき先生は、プロットは小説の設計図にあたるっていわれましたけど、どうして設計図どおりにいかないのが理想なんですか」

「小説にかぎらず、マンガや映画やドラマでもそうやけど、予想どおりの展開——いわゆる予定調和はおもしろくない。多くのひとびとはエンターテインメントに意外性を求める。結末がお約束のドラマであっても、ストーリーに意外性がないと視聴者はついてこん。ちがうか」

「そう思います」

「小説の場合、作者でさえ予想できん展開や結末になったら、読者はもっと予想がつかん。つまり誰もが驚く意外性があるから、プロットどおりにいかんのが理想なんじゃ。人生だってそうやろ。なんでもかんでも思うたとおりになるのは、簡単にクリアできるゲームみたいで感動も深みも成長もない。人生は失敗や挫折があってこそ、やりがいや達成感を得られる」

簡単にクリアできるゲームは、たしかにおもしろくない。しかしネット上では「人生は無理ゲー」という意見をよく見かける。「無理ゲー」とは難易度が高すぎてクリアできない、つまり「詰んでしまう」ゲームである。不寛容な格差社会は一度の失敗を許さず、誰もが生きづらさを感じている。だから人生を「無理ゲー」だと思うひとびとが増えているのではないか。いったんレールをはずれてもリカバリーができる社会であってほしい、と蒼太郎は思った。

御子神は続いて、プロットと並行してタイトルを考えろ、といった。

「小説のタイトルは最大の宣伝文句——広告でいうキャッチコピーじゃ。すぐれたタイトルは小説の内容をあらわすと同時に、読者を惹《ひ》きつける。しかし、すぐれたタイトルはなかなか思いつくもんやない。プロットを書き終えて原稿にとりかかっても思いつかんことも多い。よりよいタイトルを作るには、いくつも候補をあげて、ずっと考え続けること」

それから——と御子神がいいかけたとき、教室のドアが開いた。事務局の女性職員が、失礼します、と一礼して教室に入ってきた。職員は手にした紙に視線を落として、それを読みあげた。

「貴舟《きふね》歌蓮さん、多聞《たもん》蒼太郎さん、四辻《よつじ》遊馬さんの三名は、いますぐ渋智《しぶち》教授の研究室へいってください」

「まだ講義中やぞ。あとでよかろうもん」

と御子神はいった。職員は御子神のそばにいって、なにか耳打ちした。職員が去ったあと、御子神は蒼太郎と歌蓮を教卓のまえに呼んで、

「オカ研の動画で大変な問題が起きたらしい。なんか知っとるか」

　オカ研の動画といえば「ユーマの心霊ちゃんねる」にちがいない。大学名や個人名は伏《ふ》せてあるのに、渋智はなぜオカ研の動画だとわかったのか。蒼太郎が事情を話すと御子神は眉をひそめて、いらんことしたのう、といった。

「まあよか。万骨と鯨岡も呼びだされとるそうじゃ。遊馬に連絡して渋智教授のところへいってこい」

　蒼太郎は教室をでて遊馬にラインを送った。また既読スルーかと思ったが、すぐいく、と返信があった。渋智の研究室は本館から離れた研究棟にある。いままでいったことはないから大学構内の地図を確認して、歌蓮とキャンパスを歩いた。空には濃い灰色の雲が広がり、いまにも降りだしそうだった。

　あーシブチンうぜえ、と歌蓮はつぶやいて、

「大変な問題ってなんだろ。あの動画がバズったのがいけなかったとか？」

「でも学校名だしてないから問題ないじゃん」

「だよね。シブチンはオカルト嫌いだから、幽霊の動画がだめだったのかな」

渋智の研究室は茶色を基調にしたシックな内装で観葉植物の大きな鉢《はち》があり、ドラマにでてくる社長室のようだった。壁際に天井まで届く本棚がならび、窓を背にした重厚なデスクで、渋智は革張りの椅子にかけていた。万骨と鯨岡がデスクのまえでうつむいている。鯨岡のTシャツの筆文字は「傍若無人」なのに表情は暗く、張りつめた空気に緊張がつのる。

「四辻遊馬はどうした？」

渋智に訊《き》かれて、もうすぐくると答えたら、

「こんなときまで遅刻か。話にならんな」

なにがあったのか訊いても渋智は無言で、デスクの上のノートパソコンに眼をむけている。やがて遊馬が駆けこんできた。さっきまで自宅で寝ていたらしく、眠そうな顔で髪は寝ぐせだらけだ。

渋智はノートパソコンの画面をこっちにむけて、

「これをアップしたのは四辻くんだな」

画面には「ユーマの心霊ちゃんねる」の動画——防犯カメラに映った女の映像が表示されている。遊馬が怪訝《けげん》な表情で、そうですけど、と答えた。渋智はノー

トパソコンを操作してから、画面をふたたびこっちにむけた。そこに表示されていたのは、ネットの巨大掲示板だった。歌蓮とふたりで画面を覗《のぞ》いたとたん、ぎょっとした。

スレッドのタイトルは「冥國《めいこく》大オカルト研究会のやらせ映像がこちらｗｗｗ」で「ユーマの心霊ちゃんねる」のURLが貼られ、批判や誹謗中傷《ひぼうちゅうしょう》の書きこみがびっしりならんでいる。「女の子失踪《しっそう》したら、ふつー警察に捜索願だすだろ。大学側はなにしてる？」「ダサすぎて草生える」「Fランだから、しゃーない」「こんなサークル放置してる大学なんて、就活無理じゃね？」「大学生にもなって幽霊怖いとかマジ？」「そこまでして再生回数あげたいのか」「さすが冥國大ｗｗｗ」といった書きこみに気持が沈んだ。

渋智は動画がネットのトレンドにもあがっていることを指摘して、

「あっちこっちで炎上してるぞ。きみたちのせいで冥國大の評判はガタ落ちだ。苦情の電話やメールが事務局に殺到してる」

おれの責任っす、と遊馬がいった。

「みんなに相談しないで、おれが勝手にやったんです。すぐ削除します」

遊馬はスマホを手にして動画を削除すると、

「でも大学の名前は伏せてあるのに、どうして——」

「そんなことは知らんが、やらせ動画なんか作るんじゃないよ」

「やらせじゃありません。マジで映ったんです。麻莉奈の部屋の防犯カメラに」

「それは彼らから聞いた」

渋智は万骨と鯨岡を顎で示して、

「幽霊の話はどうでもいい。ネットの掲示板には、この部屋がどこか特定したって書きこみもある」

渋智はノートパソコンにその書きこみを表示させた。「これって××マンションじゃね? 動画がモノクロだからわかりにくいけど、窓から見える景色がおなじ。おれ学生のとき住んでたwwwww」書きこみへの反応はほとんどなかったが、マンション名が的中しているのにぞっとした。

歌蓮も狼狽《ろうばい》した表情で、めっちゃキモい、といった。

「なんでこんなことまで調べるの」

「四辻くんが動画をアップしたからだよ」

と渋智がいった。遊馬は深々と頭をさげて、すみませんでした、といった。

「おれがぜんぶ悪いんです。だから――」

「あやまってすむことじゃない。もうとりかえしがつかないぞ」

「――退学しろってことですか」

「それはきみが判断しろ。そもそも、こうなった責任はオカルト研究会にある。このあいだは心霊スポットで、利功《りこう》大の学生と警察沙汰《ざた》を起こしたばかりじゃないか。あのとき警告したとおり、オカルト研究会は本日をもって廃止」

なんでネットの書きこみを鵜呑《うの》みにするねん、と鯨岡がいった。

「廃止ていうまえに、事実関係を検証せなあかんでしょう」

「事実関係はどうでもいい。炎上したのが問題なんだ。こんな不祥事がマスコミに飛び火したら冥國大の権威は失墜する」

「権威なんて、もともとあれへんがな」

「きみら劣等生には、そう思えるんだろ。ぼくは社会学の権威として全国に知られてる。くだらないことで足をひっぱられるのは大迷惑だ」

鯨岡はなおも反論しようとしたが、もういいよ、と万骨が止めた。

「じゃあ話は終わりだな。はい解散」

渋智が勝ち誇った表情でいったとき、ドアが開いて御子神が入ってきた。御子神はぼさぼさの白髪をかきあげて、いま廊下で聞いとったけどの、といった。

「こんなとき、学生を守ってやるのが先生やろが。学生を責めたててどうする」

「ぼくは先生じゃなくて教授ですよ。小学校じゃないんだから、ろくに勉強もしない学生のお守りはできない」

「冷たいのう」

「どうして御子神先生が口をはさむんですか」

「わしは顧問やからの」

「非公認サークルに顧問は不要です。大学としては存在を認めてないのに」

「その非公認サークルを廃止するちゅうのも変やろが」

「変じゃない。オカルトなんてバカげたことを研究するほうがおかしいでしょう。だから幽霊が映ったなんていいだすんだ」

「幽霊だと決めつけてはおらん。仮説をたてて論ずるのは学問の基本やろ」

「幽霊は存在しない。人間は死ねば無になるに決まってる」

ほう、と御子神はつぶやいて、

「では訊くが、無とはなんじゃ」

「わかりきったことを訊かないでほしいな。なにもないってことですよ」

「渋智教授の認識では、無とはなにもない状態ちゅうことやの」

「それ以外、考えようがないでしょう」

「無が状態であるならば『彼は生きて、ここにいる』あるいは『彼は死んで、どこにもいない』といった存在の有無を示しておる。したがって人間は死ねば無になるというのは他者の認識でしかない」

「それがなにか？」

「本人は自分の死を知覚できん。たとえば、わしが死んで無になったといえるのは他者だけやろ」

「まあ、そうですね」

「もし自分が死んだとわかったら、無になるどころか意識は死後も存在することになる。つまりわれわれは、自分が死んだかどうか判断できぬまま死んでゆく。自分で判断もつかんのに、人間は死ねば無になると、どうして断言できる？」

「それは他者の認識が――」

「フランスの美術家、マルセル・デュシャンの墓碑銘《ぼひめい》には『されど、死ぬのはいつも他人ばかり』と刻まれておる。ひとが認識できるのは他者の死のみ。自分が死んで無になるかどうかは、ぜったいに認識できんのじゃ」

渋智はことばに詰まってもごもごいってから、

「いまそんな議論をしてもしょうがない。とにかくオカルト研究会は廃止。これは学生部長としての命令です」

「オカ研を廃止するまえに、折り入って頼みがある」

「頼みって？」

「あさって――土曜の夜に狐屋《きつねや》という居酒屋で怪談会をおこなう。渋智教授もそれに参加してほしい」

時刻は夜八時からで店は貸切だという。オカ研の五人は眼をみはった。御子神はいったいなにを考えているのか。

バッカバカしい。渋智はあきれた表情でいって、

「ぼくがそんな会に参加するわけないだろ。そんなことをいいだすようじゃ、次

の教授会で御子神先生の進退について話しあわなきゃな」

わしを辞めさせたいのはまえからやろ、と御子神は頰《ほお》をゆるめて、

「怪談会に参加すれば、渋智教授の考えも変わるはずじゃ」

「変わるわけがない。そもそもオカルトを含めて怪談なんて不謹慎だ。ひとの死をもてあそぶのはけしからん」

「人間は死ねば無になるのなら、不謹慎ではなかろう」

「そんなことより文月《ふづき》麻莉奈くんは、どこにいる。彼女のゆくえがわからなくなったのは、ネットの炎上に加えて重大な問題だ」

「あんたが居場所を知ってんじゃねえか」

と遊馬がいった。渋智は眼を剝《む》いて、

「なんだと――」

「あれは六月のなかばだったかな。高校時代の同級生と渋谷《しぶや》へ遊びにいって、おれ見たんだよ。あんたは麻莉奈とふたりで道玄坂《どうげんざか》を歩いてただろ。あんな夜中になにしてたんだよ」

思いもよらぬ情報に愕然《がくぜん》としていると、渋智は顔色を変えて、

「な、なんでもない。ぐ、偶然会っただけだ」

舌をもつれさせて答えた。遊馬は鼻を鳴らして、

「偶然会ったにしちゃあ、麻莉奈の肩に手をまわしてたじゃん。あんたこそ不謹慎じゃねーか」

「そ、そんなことはしてないと思うが――」

いまの話をネットで拡散したら炎上するぞ、と御子神がいった。

「社会学の権威がアカハラまがいの行動をしとったとな」

「ぼ、ぼくを脅迫するつもりか。アカハラなんてやってない」

「渋智教授はさっき、事実関係はどうでもいいというたやないか。ネットで炎上するのが厭《いや》なら怪談会に参加するしかないぞ」

渋智は口をへの字に結んで沈黙した。

十五

「こんなときに、どうして怪談会をやるんですか」

蒼太郎《そうたろう》は廊下にでると御子神《みこがみ》に訊《き》いた。

「厄祓《やくばら》いじゃ。狐塚《きつねづか》さんには許可をもろうとる」

「怪談会に参加すれば、渋智《しぶち》教授の考えも変わるはずっていったのは――」

「その場で怪異が起きるからよ」

御子神はそっけなくいうと去っていった。その場で怪異が起きるとは、百物語のようなものなのか。御子神の意図《いと》はさっぱりわからなかったが、それよりも麻《ま》莉奈《りな》が渋智とふたりで深夜の道玄坂を歩いていたというのがショックだった。

オカ研の五人は、そのあと空き教室に入った。

遊馬《ゆうま》は万骨《ばんこつ》に頭をさげて、すみません、といった。

「おれがまちがってました。まさかこんなことになるなんて――」

「もうその件はいい。きみは麻莉奈のためを思ってやったんだから」

わいに相談してくれたらよかったのに、と鯨岡《くじらおか》がいって、

「いまのネットはちょっとしたことで炎上するさかい、気ィつけなあかん。住所特定されて身バレしたら、ごっつ個人攻撃食らうで」

「どうして冥國《めいこく》大って、ばれたんすかね」

「利功大《りこう》の奴《やつ》らとちゃうか。遊馬はボイスチェンジャー使《つこ》うてへんから」

「そっか。あいつらがあの動画観たら、おれの声だってわかりますよね。動画のなかで大学のオカ研っていってるし。失敗したあ」

「麻莉奈のマンションが特定されたのもびっくりでした。以前そこに住んでたひとだから窓から見える景色でわかったんでしょうけど――」

と蒼太郎がいった。それは偶然やろうけど、と鯨岡はいって、

「画像一枚から住所を特定する奴もおるで。二〇一九年に地下アイドルの自宅に忍びこんで、住居侵入と強制わいせつ致傷で逮捕された奴は――」

当時二十六歳の男は、ネットで彼女の目撃情報をチェックして、自宅のある地下鉄路線に見当をつけた。被害者の女性はアイドルとしての活動で、ネット上に多くの写真をアップしており、そのなかに最寄《もよ》り駅で撮った自撮《じど》り画像があった。犯人の男は彼女の瞳に映る景色――駅の屋根や街の看板をグーグルストリートビューで調べて、最寄り駅を割りだした。男はその駅で待ち伏《ぶ》せすると女性を尾行して、自宅があるマンションを突き止めたという。

「怖《こ》っわ」

歌蓮《かれん》が肩をすくめた。怖いのはこっからやねん、と鯨岡は続けて、

「女性は自宅から動画の生配信しよったんやけど、男は動画の背景から何階に住んでるかを特定した。それから男は女性が動画配信中にマンションへいって、その階の部屋番号をぜんぶ押していった。男はそのあいだもスマホで生配信を見てるさかい、女性がチャイムに反応した瞬間、部屋の番号がわかった」

その後、男は女性のライブイベントを観《み》にいってから、先に彼女のマンションへいき、階段の踊り場で何時間も待ち続けた。女性が帰宅して玄関のドアを開けようとしたところを背後から襲いかかって部屋に侵入し、わいせつ行為をはたらいたが、隣人が騒ぎに気づいたため、その場から逃走したという。

「やばすぎるー。映《ば》える映えるとか調子こいて、ネットに写真あげてたら特定されそう」

シブチンもやばいよ、と蒼太郎はいって、

「麻莉奈とこっそり会ってたなんて、信じられない」

「道玄坂《どうげんざか》ってラブホだらけじゃん。麻莉奈の彼氏って、まさかシブチン？」

と歌蓮がいった。おれもふたりを見たときはびびった、と遊馬がいった。

「でもシブチンは麻莉奈がどこにいるかマジで知らねえみたいだから、あいつが口説《くど》いてただけじゃねえかな。そう思ったから、いままで黙ってた」

「遊馬がばらしたのは、ええタイミングやったで。シブチンめっちゃあわてとったがな。御子神先生のツッコミもすごかったよってに、胸がすーっとしたわ」

「御子神先生がきてくれなかったら、オカ研は廃止になってたかも」

歌蓮がそういったら、だね、と万骨はいって、

「先生はふだんぼんやりしてるけど、いざというときは鋭い。ひとが思ってることを、ずばっといいあてたり――」

「いいあてるっていえば、きのう変なところへいったんです」

蒼太郎が深層真理研修所のことを話すと、万骨はくすくす笑って、

「そこは新興宗教っていうよりカルトだよ。研修申込書にサインしたら、無理やり合宿に参加させられて、毎日教義を叩《たた》きこまれる」

「サインしなくてよかった。合宿から逃げたら、どうなるんですか」

「自宅へ押しかけてでも、洗脳しようとするだろうね。あいつらは、ひとりでいる若者を狙って声をかける」

「おれもそうでした。ただ不思議なのは、その生木千鶴子《なまきちづこ》ってひとは、おれが思ってることを何度もいいあてたんです」

「それはぜんぜん不思議じゃない。占い師がよく使うコールド・リーディングってテクニックだよ。まず相手を観察して、あてはまりそうなことをいう。相手が大学生なら、将来とか恋愛とか友人関係とか、そんな悩みがあるのはふつうだろ。それをいうだけで、相手は悩みをいいあてられたと思う」

「おれのときもそうでした。はじめて会ったとき『あなたはいま人生について、いろいろ悩んでますね』っていわれたんです」

「そんなの誰にだってあてはまるよ。カルト宗教の勧誘にしちゃ腕がいいとはいえないな。でも人間は悩んでるときにそういわれると、なぜわかったのかって驚いちゃう」

「そのとおりです」

「コールド・リーディングは、どちらの意味にもとれる質問をすることが多い。たとえば『あなたのおとうさんは死んでいませんね』といえば『生きている』ともとれるし『死んでいる』ともとれる。相手は自分の状況にあてはまるほうに解釈して、いいあてられたと思う」

もっと悪質なホット・リーディングもあるで、と鯨岡がいった。

「ホット・リーディングは相手のことをじゅうぶん下調べしてから、宗教の勧誘なり占いなりをする。相手は初対面やと思うてるから、ずばずばいいあてられると信じてまうねん。いまはネットでなんぼでも情報収集できるよってに、だまされる奴もようさんおる」

そんなテクニックを使われたら、ひとたまりもなく信じてしまうだろう。世の中はまだ知らないことだらけだ。蒼太郎はそう思いつつ、あさっての怪談会について万骨に訊いた。

「御子神先生は怪異が起きるっていってましたけど、どんなふうにやるんですか。百物語《ひゃくものがたり》みたいな感じとか――」

「ぜんぜんわからない」

万骨はかぶりを振った。

「幽霊でも召喚《しょうかん》するんとちゃう。知らんけど」

「やだ。誰の幽霊？」

「さあ——」

怪談会がどうなるにせよ、と万骨がいった。

「シブチンはまだあきらめてないよ。オカ研を潰《つぶ》そうとして、またなにか画策しそうだな」


それからは、いつも以上になにも手につかなかった。麻莉奈はどこにいるのか。オカ研はどうなるのか。中間テストはどうするのか。考えることが多すぎて胃が痛くなった。夜に狐屋《きつねや》でバイトをしているあいだも意識が散漫として、厨《ちゅう》房《ぼう》をでたり入ったりしながら、

「あれ、なにをしなきゃいけないんだっけ」

自分がやることを忘れたりした。

小上がりにいたサラリーマンたちに生ビールを四つ運んでから、客が三人なのに気づいてうろたえた。さげなくていいよ、どうせ呑《の》むから置いといて。客がそういってくれたのはよかったが、自分のミスに落ちこんだ。閉店後、狐塚《きつねづか》にそれを詫《わ》びたら、

「気にしなくていいよ。でも、もしかして四人に見えたのかい」

そう訊かれると、そんな気もして不気味に思ったが、ミスの原因は疲労だろう。狐塚は御子神から怪談会の依頼があったと口にして、

「おれと温見《ぬくみ》くんも参加するよ。先生が厄祓《やくばら》いになるっていうからな」

「初耳ですね。怪談が厄祓いになるっていうのは。その逆ならありそうだけど」

と温見がいった。御子神はその場で怪異が起きるといったが、ふたりがどう思うか心配だから伏せておいた。蒼太郎は渋智《しぶち》のことを話して、

「たぶん、その教授もくると思います」

「やな教授だね、そいつは」

と狐塚はいった。温見はうなずいて、

「飲みものに激辛唐辛子《とうがらし》でも入れてやりましょうか」

「だめだめ。そんなことしたらネットで大騒ぎになる」

麻莉奈と渋智の件は彼女のプライバシーに関わるから、これも伏せておいた。

胃が痛いし食欲はないけれど、まかないを軽めに食べて狐屋をでると、いつにもまして疲れきっていた。今夜は一段と蒸し暑く肌がべとつく。早く帰ってシャワ

ーを浴びたいが、立ち仕事のあとだけに足がだるくて急ぐ気になれない。すこしして、ぽつぽつと大粒の雨が肩を濡《ぬ》らした。

「やばい」

あわてて足を早めたら、滝のような雨が降りだした。ビニール傘を買おうにもコンビニは見あたらず、たちまち全身がずぶ濡れになった。蒼太郎はもう走る気にもなれず、濡れるにまかせてマンションに帰った。


翌朝、スマホのアラームで眼を覚ますと、軀《からだ》が熱っぽかった。ゆうべずぶ濡れになったせいで風邪《かぜ》をひいたのかと思ったが、体温を測るとそれほど高くない。食欲はまったくなく胃もたれがする。のろのろと大学へいく準備をしていると、タイミング悪く母から電話があって、

「夏休みは帰ってきなさいよ。五月の連休は帰ってこなかったんだから」

「――うん」

「大学はどうなの。ちゃんと勉強してる？」

「――うん」

勉強するどころか単位を落としそうだが、口が裂けてもそんなことはいえない。両親にはオカ研に入ったことさえ話していない。日常のことをあれこれ訊いてくる母に、もう遅刻するから、といって電話を切った。とたんに胃がきりきり痛みだし、額に脂汗がにじんだ。立っていられずベッドに横たわった。

じきにおさまるだろうと思ったが、胃痛はしだいに烈《はげ》しくなって講義の時間をすぎた。もはや大学へいくどころではなく、きょうは欠席するしかない。買い置きの胃腸薬はなく、こんなとき母がいてくれたらと勝手なことを思った。

ベッドの上で苦悶《くもん》していると遊馬からラインが送られてきた。「おれは珍しく遅刻しなかったのに、おまえきてねえじゃん」とある。「胃が痛い」と返信したら、すぐ電話があった。

「大丈夫か、おい」

「――うん」

「声が大丈夫じゃねえぞ」

そのとき胃が絞られるように痛んだから、いててて、とつい声をあげた。やっぱ大丈夫じゃねえな、と遊馬はいって、

「おれが病院に連れてってやる。すぐ迎えにいくから住所をいえ」

「いや、いいよ。そこまでしてくれなくても――」

「だったら学生部で住所聞いて、救急車呼ぶぞ」

蒼太郎は痛みをこらえつつ苦笑して、わかったよ、といった。まもなくタクシーで乗りつけてきた遊馬に付き添われ、病院へいった。医師の診断では急性ストレス性胃炎で、原因は精神的なストレスや疲労だという。点滴を打たれていくぶん楽になったが、二、三日は静養しなさい、と医師はいった。

「それでもストレスの原因がなくならないと、また症状がでるかもしれんよ」

遊馬はずっと待っていて、マンションのまえまで送ってくれた。蒼太郎は礼をいってタクシー代を払おうとしたが、遊馬は手を振って、

「このあいだおれは動画のことでブーたれて、おまえから連絡あってもシカトしたじゃん。そのお詫びだよ」

「気にしてないよ。そんなこと」

「いいから寝てろって。あしたの怪談会も無理すんなよ」

遊馬のやさしさが胸にしみた。

自分の部屋にもどると処方された薬を飲んで、ふたたび横になった。夕方になっても体調はすぐれず、バイトは休むことにした。客が多い金曜に休むのは申しわけなかったが、狐塚は電話にでるなり、ちょいと待ってな、といった。スマホを誰かにわたす気配がしたと思ったら、ハロー、と歌蓮の声がした。

「胃の調子はどう？」

「だいぶよくなった。っていうか、なんでそこにいるの」

「今週はずっとバイトだっていってたでしょ。蒼太郎が病気だって遊馬に聞いたから大将が困ってると思って、お店手伝いにきたの」

歌蓮のことばに目頭が熱くなった。彼女も遊馬も知りあって三か月ほどしか経たないのに、ふがいない自分を気遣ってくれるのがうれしい。

「おれもがんばらなきゃ――」

蒼太郎は胸のなかでつぶやいた。が、まだがんばる元気はなく、ベッドに横たわって大きな溜息《ためいき》をついた。

翌日は寝たり起きたりを繰りかえして、夕方までベッドのなかにいた。

窓の外は、いつになくどす黒い雲が垂《た》れこめて夜のように暗い。また雨が降りそうだが、今夜は怪談会がある。御子神がいった怪異を見届けたいから、なんとしても参加したい。ゆうべは胃痛がおさまって、ひさしぶりに熟睡できたおかげで体調はかなりよくなった。やっと食欲もでてきたが、消化によいものを食べたほうがいい。コンビニでお粥《かゆ》でも買おうと思って服を着替えた。

おぼつかない足どりでマンションをでたとき、大きな丸顔の女がこっちにむかってきた。生木千鶴子だとわかって、あわてて電柱の陰に隠れた。生木はなんの用があるのか、マンションに入っていく。気になってこっそりあとをつけると、彼女は二階にあがりドアの鍵を開けた。

それは蒼太郎の隣の部屋だった。

「マジか――」

思わずそうつぶやいたら、生木がこっちを見た。とっさに階段を駆けおり、マンションを飛びだした。病みあがりとあってふらふらするが、部屋にもどったら生木が待ちかまえていて、なにかいわれるかもしれない。

蒼太郎はコンビニへいくのをやめて歩きだした。強い風が吹いていて街路樹の枝が揺れている。隣室で毎晩ぶつぶつつぶやいていたのは、あの女だったのだ。都会のマンションでは隣人の顔も知らないことが多いというが、まさか生木が隣に住んでいるとは思わなかった。隣人だからよく顔をあわせるのは当然で、考えてみると生木に会ったのは、いつもマンションのそばだった。いずれまた会うだろうから、そのときが怖い。

動揺がおさまるにつれ空腹でめまいがしたが、消化によさそうな食べものは見つからない。しばらく歩いて麻莉奈のマンションから近いうどん屋で、かけうどんを食べた。時刻は七時半だから、怪談会まで時間がある。ついでに麻莉奈のマンションを見にいくと、彼女の部屋はきょうも明かりが消えていた。

踵《きびす》をかえしかけたら、エントランスから見おぼえのある女がでてきた。眼を凝らすと狐屋で見かける髪の長い痩《や》せた女だったから、さっき生木を見たとき以上に驚いた。女はあたりを見まわして急ぎ足で歩いていく。

このまえ狐屋で見たときもそう思ったが、麻莉奈の部屋の防犯カメラに映っていたのは、この女かもしれない。どこへいくのか尾行しようと思ったら、横殴りの雨が降りだした。まもなく夜空に閃光《せんこう》が走って、どーんッ、と耳をつんざく雷鳴が轟《とどろ》いた。思わず立ちすくんでいるあいだに女を見失った。

またずぶ濡れになるのは厭《いや》だから近くにあったコンビニに入り、ビニール傘をレジに持っていった。カウンターには、艶《つや》のないぱさぱさの黒髪で度の強いメガネをかけた女がいた。女に金をわたすと、無言で釣り銭をかえしてきた。

あの、と蒼太郎はいって、

「ビニールはずしてもらっていいですか」

「はずしたら傘の骨だけになりますよ」

「いや、そうじゃなくて包装のビニールです」

「自分でやってください」

従業員のことばに耳を疑った。ふつうは従業員が「いま使われますか」と訊いて、客がはいと答えたらビニールをはずす。遠慮がちにそういったら、

「それって、あなたの感想ですよね」

どこかで聞いたような台詞《せりふ》に、以前ここにきたのを思いだした。あのときもこの女がレジにいて、あまりにずさんな接客態度に遊馬がキレたのだ。自分もキレそうだが、もうすぐ八時だから揉《も》めているひまはない。蒼太郎は包装のビニール

をびりびり破り捨ててコンビニをでた。

十六

不気味な女の三連チャンはショックだったが、コンビニで腹がたってアドレナリンが分泌されたせいか体調は悪くなかった。八時ぎりぎりに狐屋《きつねや》に入ると、もう全員が顔をそろえていた。

麻莉奈《まりな》をのぞくオカ研メンバーが蒼太郎《そうたろう》を含めて五人、あとは御子神《みこがみ》、渋智《しぶち》、狐塚《きつねづか》、温見《ぬくみ》の合計九人。三つある小上がりのテーブルをまんなかに寄せて、参加者はそれを囲んでいる。蒼太郎の両隣は温見と遊馬《ゆうま》、むかいは御子神と万骨《ばんこつ》と渋智だ。テーブルには各自の席に一本ずつ、小皿の上に立てた蠟燭《ろうそく》がある。渋智は露骨に不機嫌な表情で腕組みをしている。

さて、と万骨はつぶやくと隣の御子神にむかって、

「これで全員そろいましたから、はじめましょうか」

御子神はうなずいて、まず、といった。

「この場を提供してくれた狐塚さんに、お詫《わ》びとお礼をいいたい。土曜の忙しいときに店を閉めてまで、酔狂なことにつきあわせて申しわけない」

オカ研メンバーが頭をさげたら、いやいや、と狐塚はいって、

「いつも商売ばかりじゃ息がつまっちまう。たまにはこんな夜があってもいいですよ」

それでは——と万骨がいいかけたら、ちょっと待て、と渋智がいった。

「まえもっていっておくが、オカルト研究会はこの怪談会を最後に解散してもらう。それでいいね」

「怪談会が終わっても、渋智教授の気持が変わらんならの」

と御子神がいった。変わるもんか、と渋智は鼻で嗤《わら》って、

「解散したくないからといって、ぼくに対してアカハラなどと根も葉もない中傷をする者には、断固として法的措置をとる」

「それではルールを説明します」

万骨は渋智のことばに反応せず、事務的な口調でいった。

「いまから蠟燭に火をつけて照明を消します。怪談はひとり一話ずつ、話を終え

たら自分のまえの蠟燭を吹き消してください。話す順番は僭越《せんえつ》ですが、こちらで決めさせていただきました。一番目は温見さん、二番目は狐塚さん――」

そのあとは蒼太郎、遊馬、歌蓮《かれん》、鯨岡《くじらおか》、万骨、渋智、御子神の順だった。九本の蠟燭に火をともし照明が消されると、ゆらめく炎が影を作り怪しい雰囲気になった。店の外から風雨の音と雷鳴が聞こえてくる。温見は一番目にされて面食らったようで、やや緊張気味に口を開いた。

「怪談っぽい話といえば、この店ですね。大将には悪いですけど、変なことが多いので。たとえば皿とかグラスとか伝票とかが勝手に動いたり、水道の蛇口《じゃぐち》から急に水がでたり――おとといも蒼太郎くんが三人のお客に生ビールを四つだしたんですが、そういうことがよくあるから、まえのバイトも辞めちゃって――」

生ビールの数をまちがえたのは疲労のせいだと思うが、口ははさまなかった。温見は焼酎《しょうちゅう》のボトルがひとりでに落ちて割れたことや、麻莉奈に非通知の電話がかかってきたこと、オカ研メンバーが麻莉奈の部屋に防犯カメラを設置する話をしていると彼女の気分が悪くなったことなどを語り、蠟燭を吹き消した。

おれが話そうと思ってたら先にいわれちまった、と狐塚は苦笑して、

「この店はときどき変なことがあるけど、長年続けてられるからいい。おれが怖いのは、なにをやっても潰《つぶ》れちまう店だね。ここにいる学生さんたちが調査にいった幽霊屋敷も自殺が何回もあったし、たまに借り手があってもすぐ引っ越す。おれが知ってるテナントビルの一階は、もう何軒の店が潰れたかわからねえ。喫茶店、リサイクルショップ、うどん屋、洋服屋、焼鳥屋、ラーメン屋――」

「そういうのはエリアマーケティングのプロが分析すれば、潰れる原因がわかる」

と渋智がいった。でもね、と狐塚は続けて、

「場所が悪いっていうひともいるけど、近所の店はぜんぶ繁盛してる」

「じゃあ、ただの偶然だな」

偶然とは、と御子神がいって、

「原因と結果に因果関係がない。つまり説明できんちゅうことじゃ。だからといってなんでも偶然で片づけるのは、研究の放棄を正当化しとる」

「説明できないものは説明できないでしょうが。はい、次のひと」

「偶然といえば、きょうこんなことがありました」

蒼太郎は、深層真理研修所の生木千鶴子が隣人だったこと、さっき髪の長い痩《や》せた女が麻莉奈のマンションからでてきたこと、そのあと入ったコンビニの女性従業員の接客態度が常軌を逸していたことを語り、偶然にしても不気味だったといった。途中から鯨岡が上目遣《うわめづか》いでこっちを見ていた。いまの話でなにかひっかかることがあったのかと思ったが、みんな黙っているから訊《き》きづらい。

じゃあ、おれね、と遊馬がいって、

「高校の同級生で、すっげえやんちゃな奴《やつ》がいたんす。そいつが夏休みに友だちと千葉の山へ遊びにいって――その山には祟《たた》りがあるから、ぜったい触っちゃいけないって大木があったんす。めちゃくちゃでけえ幹にぼろぼろの注連縄《しめなわ》が巻いてあって――御神木《ごしんぼく》っていうんすかね。やんちゃな奴がその大木を触ったり蹴飛《けと》ばしたりしたから、みんなびびったんすけど――」

本人は祟りなんかあるはずがないと平気だった。が、彼は山をおりている途中で急にすごい勢いで走りだし、そのまま行方不明になった。友人たちはもちろん親兄弟や親戚までが捜索しても見つからない。警察に捜索願をだした結果、彼は二日後に仙台《せんだい》の路上を半裸で歩いているところを保護された。

「そいつは大木を触ったり蹴ったりしたことも、それからあとのこともぜんぜん記憶がなくて——。金はほとんど持ってなかったのに、どうやって千葉《ちば》から仙台までいったのか、仙台でなにしてたのか誰にもわかんなかったっす」

遊馬が蠟燭《ろうそく》を吹き消すと、歌蓮は母親の女友だちの話をした。

「そのひとは、うちのママとおなじでスナック経営してるの。で、そこの店に佐藤さんってサラリーマンの常連さんがいて、週末かなんかに三人で予約を入れたんだって。佐藤さん以外は新規のお客。でも予約した時間になっても佐藤さんたちはこない。変だなと思ってたら二十分くらい遅れてきて——」

佐藤という男性によれば、どういうわけか道に迷って、気がついたら以前通っていたバーのまえにいた。そのバーのマスターは明るい性格で店も流行《はや》っていたが、ある時期から勘定をすこしぼったくるようになり、それが厭《いや》になって足が遠のいた。なぜ道に迷ったのか考えていると、ドアが開いてマスターがでてきて、

「ひさしぶりですね。また寄ってください」

笑顔で頭をさげた。佐藤はマスターとすこし立ち話をしたせいで、店にくるのが遅れたという。そしたら、と歌蓮は続けて、

「その店のママはマスターのこと知ってたから、怖くてぶるぶる震えだしたの。なんでかっていうと、マスターはギャンブルの借金で首がまわらなくなって、何か月かまえにバーのなかで首を吊《つ》ってたんだって——」

渋智が嘲《あざけ》るように鼻を鳴らした。次はわいやな、と鯨岡がいって、

「うちのおとんは岸和田《きしわだ》の漁師やねんけど、おとんが若いころ、春の嵐で船が沈没して仲間の漁師が亡くなってしもた。その年の夏、おとんたちが漁からもどってくるとき、船の横をザアーッと白い波が動いてる。鮫《さめ》か鯨《くじら》でもおんのかと思うたら、白い波は漁船の航跡の形やった。航跡はおとんたちの船と並走して港まで入ってから消えた。おとんたちは、もうじきお盆やよってに、死んだ仲間が帰ってきたいうてましたわ」

残りの蠟燭は三本になり、店内は暗くなった。外からはまだ風雨の音と雷鳴が聞こえる。万骨はメガネを中指で押しあげて、これは怪談といっていいか微妙ですけど、と語りはじめた。

「狐塚さんに紹介してもらった幽霊屋敷——近所にいたおばあちゃんは、みなかみさんの家と呼んでましたが、ここは三回の自殺があった事故物件です。三十年

まえに女性が二階で首吊り、年数不明で男性が練炭自殺、九年ほどまえに女性が服毒自殺をしており、不動産会社社長の常石《つねいし》さんによると、最初の住人は失踪《しっそう》したそうです。みなさんもご存知のとおり、ぼくたちオカ研はこの物件の調査にいきました。その結果をご報告したいと思います」

あの家の謎が、ついに解きあかされるのか。蒼太郎は身を乗りだした。

「みなかみさんの家は、過去の住人すべてが幽霊を見たと聞いています。自殺した三人はどうだったかわかりませんが、自殺に追いこまれるくらいだから、ふつうの精神状態ではなかったでしょう。幽霊を見る原因のひとつに超低周波不可聴音があります」

超低周波不可聴音とは二十ヘルツ以下の音で、人間にはほとんど聞こえないが、知覚されないだけで脳と肉体はその振動を感じるといわれている。超低周波不可聴音が肉体におよぼす影響を最初に研究したのはフランスの科学者だった。

一九六〇年代、科学者と助手は実験室のなかで吐き気や鼓膜《こまく》の痛みといった不快感をおぼえたが、同時に実験用の器具が振動するようになった。綿密な調査の結果、それらの原因は換気扇装置のモーターが発する超低周波不可聴音だと推定した。超低周波不可聴音は遠くまで伝播《でんぱ》するので、離れた場所でも影響を受けるという。

またイギリスの大学講師は、あるとき自分の研究室で幽霊を目撃したが、翌日に練習で使っているフェンシングの剣が烈《はげ》しく振動するのを見て、耳には聞こえない音波の存在を疑った。研究室をくまなく調べてみると音波の発生源は、最近設置された換気扇だった。

「超低周波不可聴音の発生源は数多く、いま例にあげた空調や工作機械、高速道路やトンネルや橋、バスやトラックや飛行機、冷蔵庫のように終日動き続ける家電製品、滝や波の音などがあります。超低周波不可聴音は不快感をおよぼすだけでなく、ひとによっては幻覚や幻聴が起こる。世界一不気味な遭難事故と呼ばれるディアトロフ峠事件も、超低周波不可聴音が原因だという説があります」

「ディアトロフ峠事件？」

渋智が訊いた。万骨は続けて、

「一九五九年二月、旧ソ連のウラル山脈でトレッキングにいった大学生九名が遭難しました。摂氏マイナス三十度という寒さのなか、テントはなぜか内側から切り裂かれ、九名はそこから一キロ以上も離れた場所で発見された。しかも遺体のほとんどは薄着で靴も履《は》いていなかった。二名は頭蓋骨骨折、べつの二名は肋骨《ろっこつ》を骨折、一名は眼球と舌が失われ、何名かの着衣から高濃度の放射線が検出された。彼らにいったいなにが起きたのか。雪崩《なだれ》や核実験や宇宙人、現地住民とのトラブルなど、さまざまな説が飛びかったが、原因はわからない。アメリカのドキュメンタリー映画監督、ドニー・アイカーはこの事件を徹底的に調査し、現地の地形と強風が生みだす超低周波不可聴音が九名をパニックに陥れたと結論づけました。その調査結果をまとめた本は二〇一三年、ニューヨーク・タイムズにベストセラーとして挙げられました。もっとも二〇二〇年にロシアの最高検察庁は、ディアトロフ峠事件の原因は雪崩だという見解を示しています」

「なんにせよ、その超低周波なんとかが幽霊の原因ってことだな」

と渋智がいった。断定はできませんが、と万骨は続けて、

「みなかみさんの家は首都高の高架のそばにあり、隣は夜間も稼働する金属部品工場です。最近昼間に調べたら、家の裏手にある公園のむこうにはプレス加工をおこなう工場がありました。みなかみさんの家は超低周波不可聴音の発生源に囲

まれているわけですから、住人は無意識のうちにかなりのストレスを感じていたと推定されます。もしかすると、それが自殺の遠因になった場合もあるかと――ただ、あの家の仏間の異様な湿気や、ぼくたち全員が感じた違和感については不明です」

万骨が調査の収穫はそれなりにあったといったのは、超低周波不可聴音のことだったのだ。みなかみさんの家に低周波音測定機を持っていった理由も、それでわかった。ぼくの話は以上です。万骨はそういって蠟燭を吹き消すと、

「次は渋智教授ですね」

「怪談なんか知らんよ。ただ怖い話ならある」

「お願いします」

「これでオカ研は解散。きみたちはそれがいちばん怖いだろう」

あはは、と渋智は乾いた声で笑い、蠟燭を吹き消した。

「オカルトの語源はラテン語『occulere』の過去分詞『occultus』で、隠されたものを意味する」

御子神が低い声で語りはじめた。

「人目に触れないよう隠された秘密の知恵ともいわれるが、なんによって隠されたかは、そのときどきによって異なる。超自然的なものかもしれんし、人為的なものかもしれん。たとえばいま、わが国では年間に約八万人が失踪《しっそう》する」

一本だけの蠟燭に浮かんだ御子神の顔は、陰影が濃く不気味だった。

「そのなかには神隠しのような未解決事件があるが、本人の意思で姿を消すこともすくなくない。すなわち人為的なオカルトじゃ。文月麻莉奈が消息を絶って、きょうで七日目。ようやくその真相があきらかになる」

御子神はそういうなり蠟燭を吹き消して、店内は真っ暗になった。麻莉奈が消息を絶った真相とはなんなのか。まだ話は終わっていないのに、御子神はなぜ蠟燭を消したのか。闇のなかで眼をしばたたいていたら、がたがたと物音がした。

「もう話は終わったんだろ。さっさと明かりをつけて――」

渋智の声がしたが、静かに、と万骨の声がそれをさえぎった。

何秒かの沈黙のあと、聞きおぼえのある声に驚愕《きょうがく》した。

「はじめに――みなさんにご心配とご迷惑をかけたことをお詫びします。いままでなんの連絡もせず、申しわけありませんでした」

闇に聞こえるのは、まぎれもなく麻莉奈の声だった。

「それともうひとつ、みなさんにあやまらないといけないことがあります。うちの部屋の防犯カメラに映った幽霊――あれはわたしなんです」

想像だにしなかった発言に戦慄《せんりつ》した。あの女の幽霊が麻莉奈だったとは、とても信じられない。みんなが固唾《かたず》を呑《の》む雰囲気のなか、麻莉奈は続けて、

「なぜ、あんな自作自演をしたのか。その理由をこれからお話しします。わたしは高校三年のとき、ストーカーに悩んでいました。当時は電車で通学してたんですが、駅の改札をでると毎日おなじひとがあとをつけてくるんです。何度も姿は見ていますが、いつもサングラスにマスクなので顔も年齢もわかりません。気持悪いので自転車通学にしたら、どうやって調べたのかパソコンにメールが送られてきて『彼氏いないんだろ。かわりにずっと見守ってるからね』って書いてありました。頭にきたんで『警察に相談します』って返信してメアドを変えたら、ストーカー行為がエスカレートして――」

麻莉奈はそこで深い溜息《ためいき》をついて、

「バイト先のコンビニのまえで見張ったり、自宅に無言電話をかけてきたり、わ

たしの部屋の窓に小石をぶつけたり、玄関に雀《すずめ》や鳩《はと》の屍骸《しがい》を置いたり――。怖くてバイトは辞めるしかなく、学校へいくのも怖くなりました。両親と姉に相談して警察にも連絡したんですが――」

　警官はパトロールを強化するというばかりで、なかなか捜査ははじまらなかった。大学受験が間近に迫ったある夜、自宅のまえにサングラスにマスクの男が立っているのに気づいて警察に通報した。警官が駆けつけるのと同時に男は逃走したので捕まえられなかったが、それきりストーカー行為はおさまった。

「冥國《めいこく》大に入ってからは実家を離れてこの街にきたので、ストーカーとは縁が切れたと思いました。ただマンションの低い階で、女のひとり暮らしはあぶないっていうでしょう。それで四階の部屋を借りたんです。大学生活がはじまると、ひさしぶりにのびのびした毎日を送りました。それでもストーカーのことはトラウマで、思いだすたび憂鬱《ゆううつ》になりました。また誰かにつきまとわれるのは厭《いや》だから、みんなには彼氏がいるっていうことにしました」

　麻莉奈はオカ研に入り狐屋でバイトをはじめたが、みなかみさんの家へいってから肩が重くなり、部屋で怪異が起きるようになったといった。蒼太郎は、麻莉奈から聞いたさまざまな怪異を思い浮かべた。外出から帰ると室内のものが動いていたり、他人の髪の毛やヘアピンが落ちていたり、観葉植物が枯れたりした。深夜にチャイムが鳴って、インターホンの画面を見ると誰もいない。翌朝、玄関のドアを開けたら廊下がぐっしょり濡れていた。

歌蓮と遊馬と三人で麻莉奈の部屋へいったときも、おなじ現象が起きた。その翌日、歌蓮が室内に置いた盛り塩が皿ごと飛び散っており、お祓いにいった神社でもらった御守りの中身が黒く焦《こ》げていた。狐屋で定例会をおこなったのはもっとまえだが、焼酎のボトルが棚から落ちて割れ、麻莉奈に非通知の電話がかかり、女の叫び声が聞こえた。

六月の終わりごろ狐屋で緊急の定例会があり、万骨と鯨岡が盗聴や盗撮の有無を調べるため、麻莉奈の部屋にいこうとしたら彼女は気分が悪くなった。そのため調査は翌日になり、天井の隅に防犯カメラを設置した。防犯カメラに女の映像が映ったのは、その二日後だ。

「わたしはいろいろな怪異を心霊現象だと信じてました。ただ会長はまえにこういいましたよね。チャイムが鳴ったあと廊下が濡れたんじゃなくて、廊下に水を撒《ま》いたあと、外にでてインターホンのボタンを押した。つまり侵入者はチャイムを鳴らすまえからマンションのなかにいたって考えれば、つじつまはあうって。それを聞いてから、もしかすると誰かが部屋に忍びこんでるのかもって思いました。会長が指摘したとおり、怪異が起きるのは決まってわたしの留守中だったから。みなかみさんの家へいって肩が重くなったのは説明がつきませんが、ストレスや自己暗示のせいだと思います。そして――緊急の定例会でわたしが気分が悪くなった翌日、講義のあと御子神先生に呼ばれて、観葉植物の土を持ってくるようにいわれました」

「わしはその土の成分検査を、知りあいの大学教授に依頼した」

と御子神の声がした。

「検査の結果、土からは除草剤の成分が検出された」

「観葉植物が除草剤で枯れたのなら、それは怪異ではない。麻莉奈は続けて、

「御子神先生は侵入者がいるのは確実だから、早くその部屋をでて警察に相談すべきだといわれました。わたしはそこで、はっとしたんです。侵入者は、あのストーカーじゃないかって。ストーカーにつきまとわれてるときも、実家の庭に植

えてた花が急に枯れたから――」

もし侵入者がストーカーと同一人物だとしたら、以前と同様に警察が動けば姿を隠してしまう。麻莉奈はそれを警戒したという。

「ストーカーが防犯カメラの存在を知ったら、部屋にはもう侵入しなくなって、べつの嫌がらせをしてくるかもしれません。わたしはどうしても犯人の正体を知りたかったし、警察に捕まえてほしかった。犯人が誰にせよ、そんなに幽霊で怖がらせたいのなら、幽霊がでたことにしてやる。それが原因でわたしが失踪したら犯人は驚くだろう。そう思って――いま考えると、わたしの精神状態もふつうじゃないですよね」

麻莉奈は長い髪のウィッグと白いワンピースを買い、防犯カメラであの映像を録画した。そのあと防犯カメラを天井からはずして床に置いた。続いて蒼太郎に電話すると、スプーンやフォークを詰めた布袋を床に放り投げて、防犯カメラが壊れた音を演出し、

「いま防犯カメラが床に落ちて壊れた。もう、この部屋にはいられない」

切迫した声でいって電話を切り、動画を送信した。

「なぜそんなことをしたかというと、犯人をおびき寄せるためです。わたしが留守なのとカメラが壊れたことが犯人に伝われば、また部屋に侵入すると思ったんです。犯人は神社の御守りを焦《こ》がすくらいだから、幽霊なんか信じていない。でも、わたしの居場所を知りたくて部屋を調べにくるはずだって」

わしは彼女にこういうた、と御子神が口をはさんだ。

「犯人は、きっと身近におると」

「部屋で怪異が起きるのは、決まってわたしが留守のときでした。犯人はわたしの行動を把握できる人物——いまここにいる誰かです」

闇のなかに動揺の気配が広がった。

「わたしはウィッグと白いワンピースを買いにいったとき、秋葉原《あきはばら》にいって遠隔操作ができる超小型カメラをふたつ買いました。それを玄関とリビングに仕掛けてから部屋をでて、失踪したように見せかけたんです。それからはビジネスホテルに泊まって、超小型カメラの映像を毎日チェックしました」

四日まえの深夜、犯人は予想どおり麻莉奈の部屋に侵入した。超小型カメラはその映像をとらえたが、犯人は帽子をかぶりメガネとマスクで顔を隠していたので、それが誰かはわからなかった。

「わしは彼女からその映像を送ってもらい、万骨に転送した。万骨は刑事である父親を通じて警視庁に捜査を依頼したが、変装した映像だけでは犯人を特定できん。犯人を特定するには、犯人の可能性がある人物を一堂に集めて、その映像を解析する必要があった。それが、この怪談会じゃ」

「失礼だぞ。ぼくまで犯人あつかいしてるのかッ」

渋智の怒声が聞こえた。そうじゃありません、と麻莉奈はいって、

「でも教授は個人指導だといって、わたしを渋谷の居酒屋とバーに連れていきましたよね。そのあとちょっと休憩しようっていったのは、どういう意味ですか」

おれ、ふたりが歩いてるとこを見たんだよ、と遊馬の声がした。

「やっぱ教授は、めっちゃアカハラしてるじゃん」

渋智は口を閉ざした。さて、と御子神の声がした。

「話もいよいよ佳境やの。ここの店内には隠しカメラを仕掛けてある。怪談会がはじまるまえに撮影した映像は警視庁に送信され、いま解析が進んでおる。犯人はメガネとマスクをしておったが、眼や耳や鼻などの位置を座標軸で取りこんで

解析すれば、同一人物を特定できる。解析の結果はまもなく届く。怪談会の最後に犯人がわかる──まさに怪異というべきやろ」

そのとき何人かが動く気配がした。小上がりをおりて靴を履く物音がする。

「わしの話はこれで終わりじゃ。明かりをつけてくれ」

蒼太郎は立ちあがり、スマホのライトを頼りに照明のスイッチを押した。明るくなった店内を見わたすと、御子神と万骨のあいだに麻莉奈が座っており、鯨岡がゴムサンダルを履いていた。

「鯨岡さん──」

遊馬がうめくような声をあげた。

「ん？　ちょっとトイレ」

鯨岡は平然とした顔でいった。

そのとき温見が厨房《ちゅうぼう》に入っていった。厨房の奥には勝手口がある。蒼太郎は急いでスニーカーを履いて、温見さん、と声をかけた。

「まさか温見さんが──」

温見は微笑して、ちがうちがう、といった。

「喉《のど》が渇《かわ》いたんだよ」

しかしなにも飲んではいない。気になって厨房に入ったら、温見は光るものを手にしていた。それが刺身《さしみ》包丁だとわかって心臓が縮みあがったが、なぜか足は止まらずまえに進んでいく。

温見は刺身包丁の切っ先を蒼太郎の喉元に突きつけて、

「ぼくは捕まるわけにいかないんだ。悪いけど、人質《ひとじち》になってもらうよ」

いままで見たことのない凶暴な眼つきに、下半身が冷たくなって強い尿意をおぼえた。温見は怖いし、いまにも漏らしそうなのもやばい。やばいやばいやばい。猛烈に焦《あせ》っていたら勝手口のドアが勢いよく開き、髪の長い痩せた女が飛びこんできたので失禁しそうになった。

女は、きょう麻莉奈のマンションからでてきたときと雰囲気がちがう。髪を後ろで束ね、黒っぽいスーツを着ている。女のあとから制服の警官たちがなだれこんできた。温見良和《よしかず》ッ、と女は叫んだ。

「ストーカー規制法違反ならびに住居侵入容疑で逮捕するッ」

温見は背後を見ようとせず、蒼太郎の肩の上を凝視している。と思ったら温見の顔がたちまち青ざめ、刺身包丁が床に落ちた。とたんに女と警官たちが飛びかかって温見を組み伏せた。

十七

洗濯カゴをさげてちっぽけなバルコニーにでると、まばゆい陽光が照りつけてきた。蒼太郎《そうたろう》は物干し竿《ざお》に衣類を干しながら、朝の新鮮な空気を胸いっぱいに吸いこんだ。長い梅雨《つゆ》がようやく明けて、湿気でじめじめした室内はさわやかになった。

中間テストが終わって夏休みに入り、夏らしい晴天が続いている。

文芸創作の課題だった八百字の小説は、ゴールデンウィークにキャンプした高《たか》尾山《おさん》の一夜をコミカルに書いた。恐怖がテーマだから最近自分が体験したことを書こうかと思ったが、話が複雑すぎて八百字にまとめきれなかった。ほかの科目の中間テストも出来はよくなかった。けれども胃の痛みがなくなって食欲ももどってきた。麻莉奈《まりな》が姿を消してからストレスに苦しんだ日々を思いだすと、あれは現実だったのかと疑いたくなる。

御子神《みこがみ》が企画した怪談会は驚きの連続だった。防犯カメラに映った女の幽霊が麻莉奈の自作自演だったこと、ストーカーの正体が温見《ぬくみ》だったこと、髪の長い痩せた女が刑事だったこと。

温見が逮捕されたあと、蒼太郎は警察署で事情聴取を受けた。怪我《けが》こそしなかったものの刺身《さしみ》包丁でおどされたのは「暴力行為等処罰に関する法律」違反にあたるので、温見はその容疑でも起訴された。

髪の長い痩せた女は生活安全課の刑事で、影山美沙《かげやまみさ》と名乗った。影山は麻莉奈とはべつのストーカー事件で温見を内偵しており、客を装って狐屋《きつねや》にきていたといった。怪談会の当日、麻莉奈のマンションからでてきた理由を訊《き》くと、影山は痩せた顔をほころばせて、

「マンション内の防犯カメラの映像を確認するためよ。きみたちは怪談とか好きみたいだから、幽霊とでも思った？」

幽霊ではないにしろ、不審者だと思っていたとはいえなかった。

あの夜、麻莉奈は狐屋の外に停《と》めてあった覆面パトカーで、影山たちと待機し

ており、店内の隠しカメラの映像を見ていた。怪談会で最後の蠟燭《ろうそく》が消されると勝手口から店内に入り、警察から借りた暗視スコープを覗いて闇のなかを歩き、小上がりの席についたという。

　裁判はまだはじまっていないが、温見は余罪がかなりあり、判決は重くなるらしい。高偏差値の国立大に在籍していたのは事実だが、女子学生への盗撮行為がばれて退学になっていた。いっしょにバイトをしているときは特に怪しい印象はなかっただけに、ひとは見かけによらないと身にしみてわかった。

　考えてみると麻莉奈が狐屋でバイトをはじめたのは、温見がきっかけだった。麻莉奈は大学主催の歓迎会のとき、友人の学生に会いにきたという温見と話し、狐屋の求人を知ったといった。友人の学生はむろん嘘《うそ》で、彼女をバイトに誘うのが目的だったのだろう。温見は麻莉奈の実家の郵便物を調べて、彼女が冥國《めいこく》大に入学することを知り、この街に引っ越したと供述した。

「温見は麻莉奈ちゃんがバイトをはじめると彼女の鍵を盗んで合鍵を作ったり、スマホのハッキングを試したりしてたの」

「そういえば、はじめて麻莉奈と狐屋にいったとき、温見さん――温見は麻莉奈のスマホを持ってて、忘れものだといって彼女にわたしてました」

温見は麻莉奈の留守を見計らって合鍵で部屋に侵入していたが、彼女がオカ研メンバーとみなかみさんの家へいったのを聞いて、室内のものを動かしたり髪の毛やヘアピンを落としたり怪異を演出した。髪の毛は狐屋の女性客のものを集めたらしい。

「なんのために、そんなことをしたんでしょう」

「温見はストーカーの対象を怖がらせて快感をおぼえるタイプ。それと麻莉奈ちゃんがオカルト研究会にいるのが気に食わなかったみたい。サークルで男子と仲よくなるのが厭《いや》だったんだと思う」

温見は狐屋でも怪異を仕組んでいた。オカ研メンバーが神社のお祓《はら》いから帰ってきた夜、テーブルマジックで使う極細の糸を使って焼酎《しょうちゅう》のボトルを棚から落とし、スマホの自動発信《オートコール》で麻莉奈に非通知の電話をかけていた。不気味な女の声はネットで拾った音声だった。

温見の供述によれば、狐塚《きつねづか》が口にした狐屋での怪異——店内のものが勝手に動いたり、水道の蛇口《じやぐち》から水がでたり——も仕組まれたものだった。

「狐塚さんはバイトが長続きしないっていってました。温見は麻莉奈を店で働かせるために、まえからいたバイトを怖がらせて、辞めるよう仕向けたのかも」

「温見のようなストーカーは執念深くて巧妙よ。あいつはほかの事件で、女の子の飲みものに睡眠薬を入れたり、部屋に盗撮用のカメラを仕掛けたりしたんだけど、麻莉奈ちゃんはなにかいってなかった？」

蒼太郎はすこし考えてから、あッ、と声をあげた。

万骨と鯨岡が盗撮や盗聴の有無を調べるため、麻莉奈の部屋へいこうとした夜、彼女は気分が悪くなってトイレに駆けこんだ。麻莉奈はあのときノンアルのカシスソーダを飲んでいたが、あれを作ったのは温見である。

温見は自分が仕掛けた盗撮用のカメラを発見されるのを阻止しようとして、カシスソーダに薬物を入れたのではないか。事実、盗撮や盗聴の調査は延期された。温見は翌日、麻莉奈が大学へいっているあいだに部屋に侵入して自分のカメラを回収したのかもしれない。影山にそれを話すと、

「そんなことがあったのね。温見を問いただして白状させる。そのまえに訊《き》きたいんだけど、温見はきみに刺身包丁を突きつけて人質にしようとしたでしょう。

ところが急に刺身包丁を落として逮捕された。あのとき温見はなにかいった？」

「なにもいってません。ただ、おれの肩の上をじっと見てから、真っ青な顔になりました。それから刺身包丁を落として――」

影山は怪訝《けげん》な表情で首をかしげた。温見がなにを見ていたのかわからないが、あの男こそ、なにかにとり憑《つ》かれていたのかもしれない。

洗濯物を干し終えて部屋にもどると、隣室からテレビの音声が聞こえてきた。きょうは日曜なので生木千鶴子《なまきちづこ》は部屋にいるらしい。生木と顔をあわせないよう外出時と帰宅時は用心していたが、おとといの夜、玄関のドアを開けたら彼女と鉢《はち》合わせしたから肝《きも》を潰《つぶ》した。この状況では逃げるに逃げられない。深層真理研修所から逃げたのを咎《とが》められるかと思ったが、生木は大きな丸顔で微笑して、このあいだは残念だったわね、といった。

「あなたはうちで研修したいのに、あなたに憑《つ》いてる悪霊が邪魔《じゃま》をして」

「えッ」

「悪霊は、うちの先生の力を恐れて、あなたを走らせたのよ。あなたは自分でわかってないでしょうけど、よくあることよ」

「はあ――」

「こんどはしっかり悪霊を祓《はら》うから、うちの研修生になれる」

「いや、あの、研修するつもりは――」

「わかってる。いまも悪霊にしゃべらせられてるんでしょ。今夜からあなたのためにお祈りしてあげるから大丈夫」

そんなことをされたら、よけいに大丈夫ではない。生木は外出するらしく廊下を歩いていったので、ひとまず胸を撫《な》でおろした。が、今後もなにかありそうなのが気がかりだった。

スマホで音楽を聴きながら部屋の掃除をしていると、万骨《ばんこつ》からラインが送られてきて「定例会は場所を変更します。夜七時、狐屋に集合」とあった。

きょうの定例会は、万骨の部屋でおこなう予定だった。日曜だから狐屋は休みのはずだと思ったら、まもなく麻莉奈から電話があった。

「あとで歌蓮《かれん》と遊馬《ゆうま》とお昼食べるんだけど、蒼太郎もこない？」

「うん、いくよ」

「歌蓮がめちゃくちゃ美味《おい》しいお好み焼屋見つけたんだって。そこでいい？」

「うん。あ、それと会長のライン見た？」

「見た。定例会は狐屋に変更でしょ。なんでだろ」

変更の理由はわからなかったが、麻莉奈の明るい声を聞くとうれしい。やつれていた顔はもとにもどり、涼しげな瞳に輝きがある。温見が警察に連行されたあと、みんなは事情聴取のために狐屋で待機した。そのとき麻莉奈は涙ながらに詫《わ》びた。

「ほんとうにごめんなさい。ここにいるみなさんを疑うようなことをして。このなかに犯人はいないと思いたかったけど――」

気にせんでよか、と御子神がいって、

「怪談会を思いついたのは、わしじゃ。こういう事件では関係者全員を疑うのが基本。ひとりでも例外を作ると、犯人を見落とす危険があるからの」

でも先生は、と遊馬がいった。

「会長のことは疑ってなかったっすよね。麻莉奈の部屋に侵入した犯人の映像を会長に送ったんだから――」

「関係者全員を疑うというたやろ。もし万骨が犯人なら、そんな映像を見て刑事である父親に捜査を依頼するはずがない。自分に捜査がおよばないよう、なにか画策するはずじゃ」

もっとも、と御子神は続けて、

「万骨は、はじめから麻莉奈の自作自演に気づいておった」

「どうやって気づいたんすか」

御子神が眼でうながすと万骨は口を開いた。

「防犯カメラに髪の長い女が映った夜、麻莉奈はコンビニへいってもどってきたら、ローテーブルがひっくりかえってたと証言した。そのあと部屋に置き忘れたスマホを見て、動体検知の通知に気づき、防犯カメラの映像を再生した。それでまちがいないね」

麻莉奈はうなずいた。それが事実なら、と万骨はいって、

「防犯カメラは動体検知で作動するのに、ローテーブルがひっくりかえるところが映ってないのはおかしい。それと防犯カメラの映像はナイトビジョンのモノクロ映像だったけど、ちょっとコンビニへいくくらいで部屋の照明を消すだろうか。その二点が不自然だと思った」

さすが会長です、と麻莉奈はいって、

「ローテーブルがひっくりかえってたといったのは、なにか異変が起きたほうが次の展開——幽霊の映像にリアリティがでると思ったからです。部屋の照明を消したのも、幽霊をリアルに見せたいのと、わたしが変装してるのを見破られないようにと——」

あらためて万骨の観察眼に驚かされたが、もうひとつ驚いたのはみんなにほめられたことだ。刺身包丁を手にした温見にひるまず、正面から立ちむかったのはすごいという。自分としては立ちむかったわけではなく、怖いのに足が勝手にまえへ進んだだけだ。みんなにそう説明したが、

「おまえの迫力にびびって、温見は包丁落としたんだよ」

「蒼太郎にあんな勇気があったなんて思わなかった。マジかっこいい」

「わいも感心したわ。あのクソ度胸は、うちのおとんとええ勝負や」

遊馬と歌蓮と鯨岡は口々にいい、御子神と万骨と狐塚にもほめられた。渋智《しぶち》はアカハラの告発を恐れているくせに、もったいぶった口調で、

「蒼太郎くんの活躍に免じて、オカルト研究会の解散はひとまず見送ろう」

麻莉奈はうるんだ眼で蒼太郎の手を握り、ありがとう、といった。

「蒼太郎が守ってくれなかったら、わたしが襲われてたかも」

温見が刺身包丁を落とすのが、あと何秒か遅かったら失禁していただろう。みんなの誤解で株はあがったが、勇気など皆無だったのは自分でわかっているだけに釈然《しゃくぜん》としなかった。

蒼太郎たち四人はお好み焼を食べたあと、カフェでコーヒーを飲んだり街をぶらついたりして時間を潰した。日曜とあってカップルや家族連れが行き交う通りを、まばゆい陽射《ひざ》しが照らしている。麻莉奈は肩をならべて歩きながら、

「わたしの部屋に誰かが侵入してるって気づいてから、考えたの」

「なにを」

「こんなとき、宇野千代《うのちよ》ならどうするだろうって。ふつうは引っ越すだろうけど、あのひとはちがう。きっとみんなが想像もできないことをやると思ったの」

「それが幽霊の自作自演に結びついたってこと？」

「そう」

「宇野千代って、すごくポジティブだよね」

「ポジティブどころじゃないよ。宇野千代はあるとき、小説で心中の場面を書くのにアイデアが浮かばず悩んでた。ちょうどそのころ、新進画家だった東郷青児《とうごうせいじ》が海軍少将の令嬢と心中をはかったの。ふたりは刃物で首を切ってからガス自殺をしようとしたんだけど、未遂に終わった。宇野千代はその事件を知ると、面識もないのに東郷の自宅へ取材にいって、そのまま同棲《どうせい》しちゃったの」

「マジで?」

「うん。宇野千代は、はじめて東郷の自宅に泊まった夜、心中未遂の血がこびりついてるガビガビの布団に平気で寝たんだって」

「うわー、ありえない」

「でしょう。宇野千代は思いついたら即実行のひとなの」

「それで後悔しないのかな」

「しないと思う。くよくよしてたら、九十八歳まで長生きできないよ」

「おれも見習おう。すぐくよくよするから」

おい、と声がして、後ろを歩いていた遊馬に背中をつつかれた。

「なにいちゃいちゃしてんだよ」

「そうよ、ツーショット禁止。はい交替」

歌蓮がまえにでてきて麻莉奈と入れかわり、蒼太郎は苦笑した。

七時になって四人は狐屋にいった。オカ研メンバーが小上がりのテーブルを囲むと、狐塚が料理や飲みものを運んできた。蒼太郎と麻莉奈は手伝おうとしたが、狐塚はそれを制して、

「おれが御子神先生に頼んで、きょうの定例会はここにしてほしいって頼んだんだ。今夜はぜんぶ、おれのおごりだから遠慮なくやってくれ」

御子神は顔をだすようだが、まだきていない。狐塚は続けて、

「御子神先生に、怪談会をやるから店を休んでほしいっていわれたときは、なにいってんだと思った。でも刑事さんからも協力してほしいって頼まれちゃ断れねえ。おれはすっかり温見にだまされてた。あいつを捕まえられたのは、御子神先生やみんなのおかげだよ。あのまま温見を雇ってたら、この店の評判はガタ落ちになるところだった」

温見は狐塚の知らないところで客の女性に声をかけ、個人情報を聞きだそうとしていたという。しかも、ときどき売上げを盗んでいたそうだから最悪だ。温見が逮捕されて狐屋のバイトは蒼太郎と麻莉奈だけになった。彼女とふたりで働けるのは楽しいが、狐塚はまたバイトを募集するらしい。

警察の事情聴取や中間テストがあっただけに、みんなで集まる機会がなく定例会はひさしぶりだ。万骨が音頭《おんど》をとって乾杯すると、

「きょうの議題は次の調査対象についてだけど、まず料理をいただこう。大将がせっかく作ってくれたんだから」

食事をしながら、このあいだの怪談会や温見のことが話題になった。

温見はべつとしてさ、と遊馬がいった。

「いちばんストーカーっぽいのは鯨岡さんだよな。怪談会のとき、ガチで鯨岡さんが犯人だと思ったもん」

「あたしもそう思った」

「まちがいない」

歌蓮と万骨がそういったら、ぷぎーッ、と鯨岡が叫んで、

「失礼なこといわんといて。わいがストーカーやるなら、温見みたいなドジは踏まんで」

「そっちかーい」

歌蓮がのけぞった。鯨岡のTシャツには「一件落着」の筆文字がある。ふと麻莉奈のマンションのそばで、鯨岡を三回も見かけたのを思いだした。

「犯人はわたしの行動を把握できる人物——いまここにいる誰かです」

怪談会で麻莉奈がそういったとき、真っ先に鯨岡を疑った。疑ったのは申しわけなかったけれど、なぜ麻莉奈のマンションのそばにいたのか知りたい。おずおずとそれを訊いたら、ナンパやがな、と鯨岡はいった。

「あのへんのコンビニに、ごっつええ女がおるさかい」

「ごっつええ女って、もしかして夜もワンオペの——」

蒼太郎はそこまでいって絶句した。歌蓮が眼を見開いて、

「ぱさぱさの黒い髪で度の強いメガネかけてて——」

「せやせや」

鯨岡は満足そうにうなずいた。そういえば鯨岡の家へいったとき、いま恋活し

てるねん、といった。マジか、と遊馬がつぶやいて、

「あのスーパー塩対応の子っすか」

「せやせや」

「こういっちゃ悪いけど、あの子のどこがいいんすか」

「ぜんぶやがな。あれくらい心の闇が深くないと、張りあいがないわ。あの子とこんどデートするよってに楽しみや」

鯨岡は邪悪な表情になって、ぐひひひ、と笑った。割れ鍋に綴《と》じ蓋《ぶた》、蓼《たで》食う虫も好き好き、といったことわざを思い浮かべていたら、ガラス戸が開いて御子神が入ってきた。またどこかで呑《の》んできたようで顔が赤い。御子神は小上がりであぐらをかくと、

「きのう影山ちゅう刑事と話したら、温見は妙なことをいうとったらしい。蒼太郎に刺身包丁を突きつけて人質にしようとしたとき――」

蒼太郎の肩の上に黒い着物姿の老人が浮かび、鋭い眼をむけてきた。温見はそれが恐ろしくて、思わず刺身包丁を落としたという。黒い着物姿の老人と聞いて、蒼太郎はぎくりとした。

中学一年のとき、放課後の教室で同級生とコックリさんをして、はたちで死ぬと予言された。その夜、生まれてはじめて金縛《かなしば》りに遭《あ》い、黒い着物姿の老人があらわれた。温見が見たのがおなじ老人とはかぎらないが、偶然にしても不気味だった。麻莉奈はオカ研に入ってはじめての怪談会で、蒼太郎が黒い着物姿の老人の話をしたのをおぼえていて、

「あのとき蒼太郎は、そのおじいさんを死神だと思ったっていってたよね」

「うん。はたちで死ぬってコックリさんにいわれた晩にでてきたから――」

「死神じゃなくて、蒼太郎を守るためにでてきたんじゃない？　こんどだって、そのおじいさんにあぶないところを助けられたんだから」

「そうよ。蒼太郎のご先祖さまの霊かもよ」

と歌蓮がいった。そういわれると、そんな気もしてきた。手酌で冷酒を呑んでいた御子神にどう思うか訊いたら、知らん、とにべもなくいって、

「ただ霊でなくても、ご先祖さまはごく身近におる」

「ほんとですか」

「ガイウス・ユリウス・カエサル――俗にいうジュリアス・シーザーが暗殺され

たのは紀元前四十四年やが、シーザーが死ぬ寸前に吐いた空気分子を、わしらは呼吸するたびに吸いこんでおる」

「まさか――」

「人間は息を吐くたび、〇・五リットルの空気を排出する。シーザーが吐いた最期の息は多めに見て一リットル、一リットルの空気には約二百五十垓《がい》の分子が含まれる。垓は数の単位でいえば億、兆、京の次、十の二十乗という膨大な数じゃ。その分子は一、二年で地球全体に拡散し、いまも大気中に存在する。人間は四秒に一回の割合で呼吸するから、われわれはシーザーが最期に吐いた空気分子を毎日二万回吸いこむことになる」

「すぐには信じられない話ですね」

「面倒な計算は省くが、これは事実じゃ。おなじ理屈で、わしらはご先祖さまが最期に吐いた息も吸いこんでおるし、わしらの肉体を構成する分子のなかに、ご先祖さまの肉体やった分子もたくさんある。歴代のご先祖さまは、みんなのごく身近におるちゅうことよ」

つーことは、と遊馬がいって、

「おれが吐いてる息の分子も、みんなは吸いこんでるんすね」

「まあ、そうなるの」

「じゃあ、げっぷとかおならも」

「やだ。もうやめて」

歌蓮が顔をしかめた。

この世界は人間ひとりひとりから人種や民族や国家まで、細かく分断されているように見える。過去現在未来、時間だってそうだ。けれども二千年以上もまえに死んだシーザーが吐いた空気がいまも空中を漂っているのなら、ミクロの単位ではみんなつながっているのかもしれない。

ふとガラス戸が開いて白髪頭の男が入ってきた。不動産会社社長の常石正雄《つねいしまさお》だった。おお、きたか、と狐塚がいってこっちをむくと、

「おれが呼んだんだ。常石がみんなに話したいことがあるっていうんでね」

常石はカウンターの椅子に腰をおろした。なにか呑むかい。狐塚が訊いたが常石は手を振って、話をしたらすぐに帰る、といった。

「このまえ、うちの物件を学生さんたちが調査にいっただろ。狐塚から聞いたん

だけど、あの家に住人が居つかず、三度も自殺があったのは超低周波なんとかって音が関係してるんだって？」

「超低周波不可聴音ですね。低周波音の測定結果と立地条件からみて、無関係ではないかと――」

と万骨がいった。常石はうなずいて、

「あの家に入ると気分が悪くなるのは、その音のせいかもしれん。そこでおれは考えたんだ。要するに音が原因なら隣の工場と公園のむこうの工場に対策をとってもらって、あの家もリフォームして防音対策をすりゃあ、借り手がいるんじゃないかってね」

常石はリフォームの工事をはじめるにあたり、特に湿気が多い仏間の畳を剝《は》がしてみた。すると床板や根太と呼ばれる角材が腐っていた。蒼太郎は仏間の畳に、踏んだらへこむところがあったのを思いだした。常石は続けて、

「これじゃどうしようもないから業者を呼んで、床板や根太を撤去させた。そしたら、そこに井戸があった」

「井戸？　湿気の原因はそれですね」

「ああ。木の蓋はあったけど、それも腐ってた。石積みの古い井戸よ。なかにはどろどろに濁った水が溜《た》まってた。業者がいうには井戸をふさいだり埋めたりしちゃあ、ぜったいだめだって。ふさぐにしても、塩化ビニールのパイプか竹の管を通して『息抜き』をしないとやばいって」

「やばいとは？」

蒼太郎が訊いた。

「井戸を密閉するとメタンガスが溜まって爆発したり、地下水脈が変わって下流の井戸が枯れたりする。しかし業者がやばいっていうのは、祟《たた》りなんだな。井戸をちゃんと『息抜き』しなきゃ、決まって怪我や病気や事故に見舞われるらしい。もともと人死にが続いた家だから、おれも気味が悪くてさ。井戸を埋めて『息抜き』するにしても、なかをきれいにしなきゃならん。だから業者に頼んでポンプで水を抜いたら――」

井戸の底には白骨化した屍体《したい》があった。警察の調べでは、屍体《したい》は男性で死後四十年以上が経過しており、死因は不明だという。

「おれは失踪《しっそう》した最初の住人じゃないかと思うんだが、よくわからん」

店内の空気が急に重たくなった。いつのまにか両腕に鳥肌が立っている。

それだけじゃないんだ、と常石はいって、

「あの家に警官が何人も出入りするから、近所の連中が見物にきた。そのなかに昔から近くに住んでるばあさんがいて、ここはみなかみさんの家じゃっていう。そこの学生さんもそういってたんで、どういう意味か訊いたら――」

その老婦人は、みなかみさんは水神《みなかみ》さん――水神《すいじん》さまのことだといった。仏間の床下にあったのは、かつて水神を祀《まつ》った井戸だった。

「話はそれだけさ」

常石は立ちあがった。

「あの家をどうするかはまだ決めてないが、学生さんたちのおかげでいろいろなことがわかった。礼をいうよ」

ありがとう。常石は頭をさげて店をでていった。予想もしなかった展開に誰もが沈黙するなかで、なぜか万骨だけが眼を輝かせている。鯨岡がわれにかえったように深々と息を吐いて、

「わいにしては珍しく怖いと思うたわ。会長も怖かったんちゃう?」

万骨は幽《かす》かに笑みを浮かべた。

「なに笑てんねん。笑《わろ》うとこちゃうやろ」

「うん。でも、うれしいんだ」

「なにが？」

「霊魂は存在するかもしれない。死後の世界もあるかもしれない。そう思えることがだよ」

「会長らしゅうないな。ＳＰＲみたいに徹底的に疑うんやろ」

「疑ってるよ。疑ってるけど、霊や死後の世界はあってほしい」

万骨、と御子神がいった。

「そろそろ、みんなに話してもええんやないか」

万骨は笑みを消すと畳に視線を落としたが、すこし経《た》って顔をあげ、

「高一の夏、ぼくは風邪《かぜ》をこじらせて肺炎になり、二週間ほど入院した。そのとき病院で知りあった子とつきあうようになった。彼女はべつの高校の一年生で、難病を患って入退院を繰りかえしてた。それなのに性格はすごく明るくて、愚痴《ぐち》ひとつこぼさなかった」

彼女は通学に無理がないよう、大学は実家から近い冥國《めいこく》大学を志望していた。万骨の高校は高偏差値の進学校だっただけに両親は猛反対したが、それを押し切って冥國大学を選んだ。

「いつどうなるかわからないから、彼女といっしょにいられる時間を大事にしたかったんだ。でも入学式のまえに――」

彼女は容態《ようだい》が急変して亡くなった。万骨はもともとオカルトに興味があったが、それから一層のめりこんでオカ研を結成したという。

「もし霊魂が存在するのなら――もう一度、彼女に会いたいんだ」

蒼太郎は胸にこみあげてくるものを感じた。万骨は彼女に会いたくて霊についての研究を続けたせいで、二年も留年したのかもしれない。わざわざ事故物件に住んでいるのも、霊の存在を確かめたかったからではないか。

「いい話だけど、切ねえなあ」

狐塚はしんみりした表情でつぶやいた。麻莉奈は指で目頭《めがしら》を押さえ、歌蓮はしゃくりあげている。遊馬は拳で眼をこすり、鯨岡は味付海苔《あじつけのり》を貼ったような眉毛を八の字にした。

オカ研に入ったときは、またくよくよするのではないかと思った。どんなことでも、やってから後悔するのが蒼太郎のくせだった。けれども、いま悔いはまったくない。不謹慎とかバカげてるとかいわれるオカルトでも、万骨や御子神のような姿勢で臨めば日常では学べないことを学べる。せこせこした日常から解き放たれて、生きる力が湧いてくる。

「ごめん。湿っぽいことといって――」

万骨は頭をさげると、さわやかな笑顔になって、

「でも、みんなに話せてすっきりした。先生のおかげです」

御子神は冷酒をぐびりと呑んで宙を見つめた。万骨は続けて、

「ところで鯨岡くんとも話したんだけど、夏休みのあいだに、みんなでまたキャンプにいきたいんだ。前回は山だったから、こんどは海で――」

「やったーッ」

歌蓮が叫んだ。麻莉奈は手を叩《たた》いて、

「海、いいですね」

「いこういこう。ぜってーいく」

遊馬がはしゃいだ声をあげた。ぼくもいきます、と蒼太郎はいった。いかがわしいことを考えてはいけないと思いつつ、麻莉奈と歌蓮の水着姿を想像して頰《ほお》がゆるんだ。それで、と遊馬がいって、

「どこの海にいくんすか」

「湘南《しょうなん》やがな。なあ会長」

「うん。湘南中部にある茅ケ崎《ちがさき》の海辺に、いわくつきの廃墟があって――」

「そっちかーい」

歌蓮がまたのけぞって、みんなは弾けるように笑った。

夏はまだ、はじまったばかりだ。

〈了〉

参考文献

『幽霊を捕まえようとした科学者たち』デボラ・ブラム 著　鈴木 恵 翻訳　文春文庫
『あの事件・事故に隠された恐怖の偶然の一致』TBSテレビ番組スタッフ 編著　二見書房
『銭金《ぜにかね》について』車谷長吉 著　朝日文庫
『近代スピリチュアリズムの歴史 心霊研究から超心理学へ』三浦清宏 著　講談社
『死に山 世界一不気味な遭難事故《ディアトロフ峠事件》の真相』ドニー・アイカー 著　安原和見 翻訳　河出書房新社

本書は月刊文庫『文蔵』2022年11月号〜2023年7・8月号に連載された『恐室 冥國大學オカルト研究会活動日誌』を改題し、加筆・修正したものです。

著者紹介

福澤徹三（ふくざわ　てつぞう）

1962年、福岡県生まれ。2008年『すじぼり』（角川文庫）で第10回大藪春彦賞を受賞。ホラー、怪談実話、クライムノベル、警察小説など幅広いジャンルで執筆。

著書に、「俠飯《おとこめし》」シリーズ、「Iターン」シリーズ（以上、文春文庫）、「忌《い》み地」シリーズ（講談社文庫）、『怪を訊く日々　怪談随筆集』（ちくま文庫）、『そのひと皿にめぐりあうとき』『群青の魚』『白日の鴉《からす》』（以上、光文社文庫）、『羊の国の「イリヤ」』（小学館文庫）などがある。

PHP文芸文庫　オカ研はきょうも不謹慎！

2024年7月22日　第1版第1刷

著者　福澤徹三
発行者　永田貴之
発行所　株式会社PHP研究所
東京本部　〒135-8137　江東区豊洲5-6-52
文化事業部　☎03-3520-9620（編集）
普及部　☎03-3520-9630（販売）
京都本部　〒601-8411　京都市南区西九条北ノ内町11
PHP INTERFACE　https://www.php.co.jp/
組版　朝日メディアインターナショナル株式会社
印刷所　TOPPANクロレ株式会社
製本所　東京美術紙工協業組合

ISBN978-4-569-90417-7

PHP文芸文庫

怪談喫茶ニライカナイ

蒼月海里　著

「貴方の怪異、頂戴しました」――。怪談を集める不思議な店主がいる喫茶店の秘密とは。東京の臨海都市にまつわる謎を巡る傑作ホラー。

PHP文芸文庫

一行怪談

吉田悠軌 著

「公園に垂れ下がる色とりどりの鯉のぼりに、一つだけ人間が混じっている。」一行のみで綴られる、奇妙で恐ろしい珠玉の怪談小説集。